그래도
행복해
지기

북오션은 책에 관한 아이디어와 원고를 설레는 마음으로 기다리고 있습니다. 책으로 만들고 싶은 아이디어가 있으신 분은 이메일(bookrose@naver.com)로 간단한 개요와 취지, 연락처 등을 보내주세요. 머뭇거리지 말고 문을 두드리세요. 길이 열릴 것입니다.

그래도 행복해 지기

초　판 1쇄 발행 | 2011년 8월 10일
개정판 1쇄 발행 | 2013년 1월　5일
개정판 2쇄 발행 | 2013년 1월 25일

지은이 | 박완서 · 신달자 외 20명
펴낸이 | 박영욱
펴낸곳 | 북오션

경영총괄 | 정희숙
책임편집 | 이상모
편집 | 임은희 · 주재명 · 권기우
마케팅 | 최석진
표지 디자인 | 규
본문 디자인 | 서정희
디자인 | 최희선
법률자문 | 법무법인 명율 대표 변호사 **안성용**

주　소 | 서울시 마포구 서교동 468-2번지
이메일 | bookrose@naver.com
트위터 | @Book_ocean
페이스북 | bookocean
카　페 | http://cafe.naver.com/bookrose
전　화 | 편집문의 : 02-325-5352　　영업문의 : 02-322-6709
팩　스 | 02-3143-3964

출판신고번호 | 제313-2007-000197호

ISBN 978-89-93662-83-2 (03810)

*이 도서의 국립중앙도서관 출판시도서목록(CIP)은 e-CIP홈페이지
 (http://www.nl.go.kr/ecip)와 국가자료공동목록시스템
 (http://www.nl.go.kr/kolisnet)에서 이용하실 수 있습니다.
 (CIP제어번호 : CIP2012005787)

그래도
행복해
지기

박완서 · 신달자 외 지음

북오션

1 느낌, 일상의 행복

소소한 일상 속에 행복이 스며 있음을 느낀다

2 발견, 찾아내는 행복

가난한 삶이나 어려운 환경에서도 행복을 찾아낸다

3 긍정, 만드는 행복

삶을 긍정하는 마음으로 행복을 만들어낸다

4 미래, 준비하는 행복

앞으로의 행복한 삶을 위해 미래를 준비한다

5 희망, 기적 같은 행복

행복은 산 너머 저쪽이 아니라 우리 마음속에 있다

1

느낌, 일상의 행복

소소한 일상 속에 행복이 스며 있음을 느낀다

코고는
소리를
들으며

박완서

소설가

코를 고는 것도 이비인후과 계통의 질환에 드는 모양이지만 나는 남편의 유연(悠然)한 코고는 소리를 들으면 그의 낙천성(樂天性)과 건강이 짐작돼 싫지 않다.

스스로가 코를 골기 때문인지 남편은 잠만 들면 웬만한 소리엔 둔감한데 빛에는 여간 예민하지 않다.

난 꼭 한밤중에 뭐가 쓰고 싶어서 조심스럽게 머리맡에 스탠드를 켜고는, 두터운 갈포갓이 씌워졌는데도 부랴부랴 벗어 놓은 스웨터나 내복 따위를 갓 위에 덧씌운다.

그래도 남편은 눈살을 찌푸리고 코고는 소리가 고르지 못해진다. 까딱 잘못하면 아주 잠을 깨 놓고 말아 못마땅한 듯 혀를 차고는 담배를 피어물고 뭘 하느냐고 넘겨다보며 캐묻는다.

나는 아무것도 아니라고 어물어물 원고 뭉치를 치운다.

쓸 게 있으면 낮에 쓰라고, 여자는 잠을 푹 자야 살도 찌고 덜 늙는다는 따끔한 충고까지 해준다.

그래도 나는 별로 낮에 글을 써 보지 못했다.

밤에 몰래 도둑질하듯, 맛난 것을 아껴 가며 핥듯이 그렇게 조금씩 글쓰기를 즐겨 왔다.

그건 내가 뭐 남보다 특별히 바쁘다거나 부지런해서 그렇다기보다는 나는 아직 내 소설 쓰기에 썩 자신이 없고 또 소설 쓰는 일이란 뜨개질이나 양말 깁기보다도 실용성이 없는 일이고 보니 그 일을 드러내 놓고 하기가 떳떳하지 못하고 부끄러울 수밖에 없다고 내 나름대로 생각하고 있기 때문이다.

쓰는 일만 부끄러운 게 아니라 읽히는 것 또한 부끄럽다.

나는 내 소설을 읽었다는 분을 혹 만나면 부끄럽다 못해 그 사람이 싫어지기까지 한다.

만일 내가 인기 작가나 베스트셀러 작가가 된다면, 온 세상이 부끄러워 밖에도 못 나갈 테니 딱한 일이지만, 그렇게 될 리도 만무하니 또한 딱하다. 그러나 내 소설이 당선되자 남편의 태도가 좀 달라졌다. 여전히 밤중에 뭔가 쓰는 나를 보고 혀를 차는 대신 서재를 하나 마련해줘야겠다지 않는가. 나는 그만 폭소를 터뜨리고 말았다.

서재에서 당당히 글을 쓰는 나는 정말 꼴불견일 것 같다.

요바닥에 엎드려 코고는 소리를 들으며 뭔가 쓰는 일은 분수에 맞는 옷처럼 나에게 편하다.

양말 깁기나 뜨개질만큼도 실용성이 없는 일, 누구를 위해 공헌하는 일도 아닌 일, 그러면서도 꼭 이 일에만은 내 전신을 던지고 싶은 일, 철저하게 이기적인 나만의 일인 소설 쓰기를 나는 꼭

서재에는 인생의 발자취가 담겨 있다.
화려하면 화려한 대로, 소박하면 소박한 대로⋯⋯.

내 몸에 꼭 맞는 보금자리처럼

행복을 느끼게 해주는 것이 있을까?

한밤중 남편의 코고는 소리를 들으며 하고 싶다.

규칙적인 코고는 소리가 있고, 알맞은 촉광의 전기 스탠드가 있고, 그리고 쓰고 싶은 이야기가 술술 풀리기라도 할라치면 여왕님이 팔자를 바꾸쟤도 안 바꿀 것같이 행복해진다.

오래 행복하고 싶다.

오래 너무 수다스럽지 않은, 너무 과묵하지 않은 이야기꾼이고 싶다.

(1971)

박완서 작가

경기도 개풍(현 황해북도 개풍군) 출생으로, 1970년 불혹의 나이가 되던 해에 「여성동아」 여류 장편소설 공모에 〈나목(裸木)〉이 당선되어 등단했다. 여러 편의 장편소설과 수필집, 동화집을 발표하고, 2010년 8월 수필집 『못 가본 길이 더 아름답다』를 마지막으로 2011년 1월 22일, 담낭암 투병 중 별세했다.

섬

김지원

한국예술종합학교 미술원 조형예술과 교수

언제부턴가 섬을 보러 다니고
있다.

　도시와 일터로부터 고립을 당하러 자진해서 비수기의 섬으로
간다. 하지만 물리적으로 멀어지는 것 말고는 좀처럼 날마다의
일상으로부터 분리되고 격리되지 않는다.

　나를 찾는 이 없는, 익명성이 존재하는 곳에 가고 싶어 갔으나
간헐적으로 휴대폰이 진동하고 나 또한 전화번호를 찾아 누른다.

　한 번 떠나면 서너 개의 섬을 둘러본다. 경박스럽게 빨리 둘러
본다고 그 조급증에 자책하지만 이미 타성과 속도에 젖어 있다.

　차를 페리에 태워 가기도 한다.

　처음에는 풍경을 사생하기 위해서가 절대로 아니었으나 지금
은 가끔씩 드로잉 하는 나를 본다.

　어쩌면 풍경이 나를 그리고 있는지도 모르겠다.

　그 드로잉이 쌓이는 것은 내가 본 시간이 쌓이는 것이다.

　울릉도 천부 항에서 석포 가는 길 해안 도로를 따라가다 보면
'세상에서 가장 아름다운 버스 정류장'이 있다.

시간이 정지한 듯, 정류장에 앉아 그 바람과 반짝이는 바다를 바라보고 있으면 버스가 오지 않아도 조급할 것이 없고 목적지마저 잊어버린다.

세상에서 가장 아름다운 버스정류장은 목적지가 없는 버스를 기다리는 정류장인지도 모른다. 그냥 앉아만 있어도 뇌가 진공 상태가 된다.

휴식한다는 것은 이런 것이 아닐까?

어디가 안 그렇겠냐마는, 울릉도는 사계절을 보아야 한다.

동남아에 쓰나미가 왔던 그 해 겨울 파도는 무서웠고 수은등 불빛과 휘몰아치는 비바람에 쇠락한 항구의 골목은 영화 촬영 세트장 같았다. 나리분지에 내리는 눈은 세상천지 아무것도 볼 수 없게 했고, 분지를 향하던 우리는 눈사람이 되었다. 파 김치가 되어 내려온 천부항 골목 안에서 소주 한잔과 함께한 따개비 칼국수는 세계에서 제일 맛있는 칼국수였다.

가을 울릉도 북쪽에서 동쪽으로 넘어오는 트래킹 산길에선 브이자(字) 계곡 사이로 멀리 보이는 수평선이 내 눈 높이보다 더 위에 있었다.

내가 물 밑에 있는 것 같은 기이한 환영이었다.

진도에서는 쓰레기차가 도착했다는 것을 알리는 요란한 알람

소리가 진도아리랑이다.

희극이라고 생각하고 진도를 벗어나면서부터는 진도아리랑이 간절하게 듣고 싶었다. 그러나 휴게소와 버스 터미널에서 진도아리랑 테이프를 살 수 없었다.

강화도 해안가에 쌓인 갯벌이 엉켜 붙는 바람에 시커멓게 보이는 유빙 덩어리를 스치며 간 겨울 석모도에는 입장료 없는 아주 뜨거운 온천이 숨어 있다. 무슨 법적인 사연이 있는 듯한데 잘 해결되고 정상적으로 오픈하면 입장료를 기꺼이 내겠다.

올 겨울 프랑크푸르트 쿤스트 할레에서 본 구스타프 쿠르베 (Gustave Courbet 1819~1877)의 바다와 파도 풍경 그림은 터키의 에게해(海)에서 본 색을 많이 닮았다.

흐린 하늘에 갈색과 녹색이 섞여 밀려오는 파도는 슈퍼 울트라 하이타이 거품 같다. 그 바람은 살을 에는 바람이 아니라 거센 바람 속에 어딘지 훈풍이 실려 있는, 움추려 들지 않는 기분 좋은 바람이다.

터키 쪽에 가까워도 섬들은 전부 그리스령이다.

그 풍경 너머 그리스 쪽 섬에서 무라까미 하루끼는 에세이집 『먼 북소리』와 소설을 쓰며 이방인으로서 여행객들의 발길이 끊

무제
김지원

긴 철 지난 계절의 일상 속에서 우여곡절을 겪었으리라.

터키 쪽의 텅 빈 해변 별장 지대에는 지붕마다 군대 사열하듯이 얹혀져 있는 비슷하게 생긴 태양열 보일러와 개 두 마리 말고는 아무도 없다. 거리에서 본 인도의 개도, 터키의 개도 체형과 표정이 우리나라 개와는 무언가 다르다.

하여튼 표정이 어둡고 무거운 것만은 확실하다.

동거차도를 가다가 못 가고 머문 관매도에서 안개비의 신선하고 비릿한 내음을 맡았다.

해안가 계곡마다 먼 육지로부터 밀려왔을 스치로폼 덩어리들과 각종 상표가 붙은 플라스틱들이 거대한 공룡같이 쌓여 있었다.

그 쓰레기들은 물안개의 해변에서 헛기침을 하며 말없이 뒷짐지고 바다를 바라보던 할머니의 화려한 몸뻬바지만큼이나 강렬했고 중국이나 일본 상표도 섞여 있었다.

해류가 돌고 돌아 흐르기는 흐르는가 보다.

지난 여름 목포에서 흑산도를 거쳐 홍도에 갔다.

신안군에는 1004개의 섬이 있다고 하고, 인천 옹진군에는 104개의 섬이 있다고 한다.

섬으로 들어가는 페리에서 잘생기고 적당한 무인도 하나쯤 마음속으로 구입한다. 나오는 뱃길에 마음을 바꾸어도 쉽게 환불이 가능하다. 그리고 상상 속에서 그 섬에 집의 위치를 잡고 설계를 하고 집을 짓는다.

페리로 도착한 홍도에서 마중 나온 작은 배를 타고 낚시꾼들과 함께 여행객들이 적은 2구항으로 간다.

나중에 본 1구항의 풍경 속에는 나이트 클럽이 있었다.

초현실적인 풍경이었다.

항구 주변 마을은 여느 지방 도시처럼 원색 페인트로 강렬하게 칠해져 있고 손질하여 방파제에 깔아놓은 어구와 그물이 거대하고 아름다운 모자이크 벽화처럼 보인다.

홍도의 암벽 전체는 석양빛 때문이었는지 부드러운 색으로 붉으노르스름 하다.

숙소에서 낚시꾼들이 잡은 커다란 돌돔회를 인심 좋게 나누어 주어 염치불구하고 먹는다. 하물며 해삼은 싱싱하다 못해 딱딱하다.

산책길로 홍도 등대를 넘어서 2010년 7월 15일의 늦은 오후 햇볕에 달궈진 인적 없는 방파제 시멘트 바닥은 마치 황토방같이 따스하다.

문자 그대로 큰 대자로 누워서 하늘을 본다. 바람은 정지한 듯 하늘은 파랗게 높고 고개를 돌리니 바다의 수평선이 한쪽 눈동자에 가득 찰랑인다. 멈춘 바람을 어떻게 표현하나 생각하며, 이 장면은 한 장의 드로잉으로 남았다.

그 날 밤 잠자리가 불편해 취해서 잠들 수밖에 없었다.

무언가 부족한 것과 더러운 것은 다른 것이다.

그리고 그 '바람이 있는 경치를 그린 그림' 인 풍경화(風景畵)를 생각한다.

다른 작업과 함께 10여 년 동안 그리고 있는 맨드라미 그림 중에 바람이 있는 맨드라미 그림을 그린 적이 있었던가?

맨드라미 그림 속에 혁명 하나.

맨드라미 그림 속에 연정 하나.

맨드라미 그림 속에 독사 한 마리.

맨드라미 그림 속에 욕망 한 덩어리.

이렇게 읽혀지길 바라며 맨드라미를 그렸다.

그림 속에 바람을 어떻게 그릴 것인가?

세상엔 하나도 쉬운 일이 없다.

내 입 속에서는 '낭만 풍경' 이란 단어가 맴돌고 풍경화에 대한 이런 저런 궁리와 모색을 하고 있다.

곳곳에 홍도의 몽돌을 반출하다가 적발되면 3천만 원의 벌금이라고 적혀 있다.

흑산도에는 '흑산 듸젤' 이라는 간판이 웃음 짓게 한다.

흑산도 항이 내려다 보이는 정자에서 바라본 반짝이는 빛과 바람 냄새, 색, 취기의 느낌을 표현할 방법이 없다. 그리고 아주 짧은 낮잠……

흑산도 선착장으로 가는 길에 들리는 청년들의 대화 내용, 어떻게 볶음밥 맛이 그렇게 어처구니 없이 맛있을 수 있냐고 한다.

어처구니 없는 볶음밥은 어떤 맛일까?

돌아본 그 맛 집은 허름한 골목 안의 중국집인 것 같다.

나는 벌써 그 골목의 볶음밥을 맛보러 목포항으로 달려 가고 있다.

흑산도 홍어식당 아저씨가 내가 찾다 찾지 못한 장난감 배 주인을 대신해서 허술한 합판으로 만든 칠 벗겨진 배를 정부미 자루에 싸서 겨울에 다시 한 번 오라는 말과 함께 가져가라고 주었다.

그 아저씨는 정말로 무료했던 것 같다.

여행가방도 스쿠터에 실어 무언가 신이 나서 선착장에 자진해서 날라준다.

그 작은 배는 아마도 섬에서 풍어제를 지낼 때 화려하게 장식하여 바다에 띄워 풍어와 안전을 기원했던 용도의 배가 아닌가 짐작한다. 지금은 내 작업실 벽에 찰싹 달라붙어 나를 내려다 본다.

입이 짧았던 내가 군대를 다녀온 후 불행하게도 거의 잡식성으

사람은 일상을 벗어났을 때 오히려 일상을 돌아본다.
그리곤 불현듯 생각한다. 그곳에 행복이 있었음을.

로 바뀌어 버렸다.

홍어애탕을 먹으며 깊은 맛에 탄복을 한다.

무슨 이런 음식이 세상에 있을 수 있을까?

이건 분명 행복이다.

또한 어딘가로 떠난다는 것 그 자체로 행복일 수 있다.

석모도의 겨울해변에서, 끊어질 듯 이어진 고군산 군도의 무녀도와 눈밭에 길을 잘못 들어 한참을 헤매인 선유도와, 겸재謙齋 (정선鄭敾 1676-1759)가 와서 풍경을 보고 그렸을 것 같은 장자도, 물안개 속의 관매도에서, 사랑하는 울릉도에서, 덤불 덩어리같이 아주 까만 새끼 강아지와 철학하는 사람의 눈빛으로 항구를 내려다보던 하얀 진돗개 강아지를 만난 완도에서, 유배지의 처연했을 과거를 지금은 멋있는 풍류로 느끼며 전복 라면을 끓여 먹은 보길도에서, 인적 없고 바람 세찬 겨울 청산도의 슬프고 축축한 남서쪽 갈색 절벽에서, 홍어애탕과 무료한 식당 아저씨의 흑산도에서, 과거에는 섬의 서쪽 산에 묘를 썼다는 붉으노르스름한 홍도에서, 북쪽 땅 장산곶이 지척인 백령도 두무진의 스산했던 파도와 바람 앞에서, 마치 인도와 파키스탄의 국경에 있는 타르 사막 축소판 같은 대청도 해안사구 모래 위에 예민하게 그려진 서해 바람의 무늬를 기억한다.

바람이 사막의 거대한 모래언덕을 1년에 17미터를 이동시킨다고 한다. 그 바람은 모든 것을 시간과 함께 이동시키며 또한 소멸시킨다.

인도 여행 후에 내가 가끔 만드는 허술한 비행기에 연필로 써 넣은 '모든 형태 있는 것은 사라진다' 라는 글귀가 생각났다.

물살이 센 서해 바다 북쪽 끝 백령도에서 맑은 날 울릉도 도동항 전망대에서 바라본 동쪽 끝 우리 섬 독도를 생각한다.

독도에 로보트 태권브이 기지를 만들자!

섬에서 걷다가 지치고 때론 취기에 잠시 아무 곳이나 누워 짧은 토막 잠을 자며 그 순간 온전하게 바람 속에 몸을 맡길 때 무엇과도 바꿀 수 없이 몸은 감동한다.

행복이란 불현듯 이렇게 짧은 것인지도 모르겠다.

나는 다시 작업실로 일상으로 복귀를 한다.

백령도, 대청도에서 잡히는 많은 홍어는 전량 목포로 보내져 원산지가 바뀐다는 영업 비밀을 버스 기사 분이 태연하고 구수하게 말한다.

무명도

저 섬에서

한 달만 살자
저 섬에서
한 달만
뜬눈으로 살자
저 섬에서
한 달만
그리운 것이
없어질 때까지
뜬눈으로 살자

- 이생진

나도 그 섬에서 그리운 것이 없어질 때까지 한 달만 뜬 눈으로 살고 싶다.

어떤 욕망과 그리움도 무언가 간절하고 절실한 것이란, 그리고 내가 지금까지 해왔던 그림이란 것도 적어도 이 정도의 간절함과 절실함과 그리움이 있어야 하는 것이 아닐까 생각한다.

맨드라미가 씨를 많이 품고 있는 것은 그만큼 간절함이 있기 때문이라고 나는 믿는다.

죽을 힘을 다해 살아내야 한다.

그리고 그 섬에 쓰레기를 치우자!

방은 열악할 수 있으나 풀 먹인 이불 홑청이 있는 잠자리를 생각하는 것은 나만의 호사일까?

그 섬과 섬의 쓰레기를 몽땅 모아서 하나의 조형물로 만드는 상상을 한다. 섬들은 각자 원더랜드 같은 거대한 조형물 하나씩을 갖게 될 것이다.

이 또한 부조리한 상상이다.

2011년 4월 10일

작업실에서 책을 읽다가 책을 들고 화장실에 가니

창턱에 꼬마 청개구리가 나를 쳐다보다가 머리를 창 틈으로 감춘다.

나도 모르게 미친놈! 한다.

살며시 잡아 밖으로 던져주니 내 손에 오줌지리고 날아간다.

2010년 10월 4일 해가 짧다.

- 작업노트

김지원 한국예술종합학교 미술원 조형예술과 교수

1961년 경기도 과천에서 태어나 인하대와 프랑크푸르트 슈테델 국립조형미술학교를 졸업하고 〈이륙하다〉, 〈맨드라미〉, 〈비행〉, 〈계몽적인 그림〉, 〈정물화, 화〉, 〈비닐그림〉, 〈비슷한 벽, 똑같은 벽〉, 〈그림의 시작-구석에서-〉 등 16번의 개인전과 다수의 국내외 기획단체전에 참가했다.

조용하고
행복한
날들

양애경
시인

당신은 어떨 때 '행복하다'고 느끼시나요? 행복, 그 자체의 느낌은 어떤 것인가요?

사람들은 젊고, 건강하고, 돈이 많은 사람이 가장 행복할 것이라고 생각하는 것 같습니다. 하지만 살아보니 그런 것 같지 않습니다. 저만 해도 젊을 때는 행복한 순간은 아주 짧고, 후회되는 시간은 아주 길게 느껴졌거든요. 어쩌면 세상을 오래 살아본 분들이 행복에 대해서 가장 잘 알고 있는지도 모릅니다.

노인의 3대 거짓말 중의 첫 번째가 '빨리 죽고 싶다'는 말이라고 하지요. 노인들은 세상을 많이 경험했으니, 삶의 사소한 행복들을 누구보다 많이 아는 분들이기도 합니다. 아마, 그래서 건강 문제와 금전 문제 같은 어려움을 겪으면서도 더 오래 살고 싶어 하는 게 아닐까요. 삶의 사소한 행복이란, 맛있는 음식을 먹는 순간, 좋은 경치를 보는 순간, 상쾌한 바람과 서늘한 물을 느끼는 순간, 좋아하는 사람과 얼굴을 마주하는 순간, 그런 것들이겠는데, 노인들은 그 사소한 즐거움들의 소중함을 잘 알지요. 한 예로, 동대문 광장시장 순댓국집이나 대전역 맞은편 오래된 중국집에 가면, 많은 노인들이 느긋하고 흐뭇한 표정으로 음식을 드시고 있는 것을 보게 됩니다. 그런 집은 싸고 맛있는 집입니다. 행복에 대한 정확한 정보를 가지고 있는 것이죠.

저는 어렸을 때 혼자 공상에 빠지면 아무 소리도 듣지 못하는 아이였고, 고등학생 때는 날마다 똑같은 날들에 질려서 '전쟁이라도 났으면 좋겠다. 그러면 이 권태로움이 사라질 테니' 하는 철없는 생각을 한 적도 있었습니다. 겉으로 보면 상냥하고 말도 잘하지만, 사실은 사람 사귀는 일에 서툴러서 친구도 많지 않고 결혼도 하지 못했습니다. 게다가, 집안도 좀 우울했지요. 가끔 저를 동굴에서 끄집어내는 글 친구들이 없었다면 저는 세상과 벽을 쌓고 살았을지도 모릅니다.

그러다 50줄에 접어들어, 삼십대나 사십대보다 마음이 편해졌다는 걸 발견했습니다. 우연히 어떤 글에서, '나이가 들면 삶에 만족감을 느끼기가 더 쉽다'는 글을 읽고 긍정하게 되었죠. 큰 걸 바라지 않게 되니까, 크게 좌절하지도 않게 되고, 작은 것에도 만족하게 되더라고요. 그러자 행복해지기가 조금 쉬워졌어요.

이처럼 온전히 행복다운 행복을 조금씩 맛보게 되면서, 저는 제가 행복한 날들이라고 여기는 아주 심심한 날들에 대한 시를 한 편 썼습니다. 그래서, 이 글은 그 시와 거기 얽힌 제 추억들을 엮은 것입니다. 시의 제목은 〈조용한 날들〉[1]입니다.

행복이란

사랑방에서

공부와는 담쌓은 지방 국립대생 오빠가

둥당거리던 기타 소리

우리보다 더 가난한 집 아들들이던 오빠 친구들이

엄마에게 받아 들여가던

고봉으로 보리밥 곁들인 푸짐한 라면 상차림

제게 '행복' 하면 제일 먼저 떠오르는 기억입니다. 저는 대전에 있는 국립대학 1학년이였고, 오빠는 같은 대학의 4학년이였습니다. 저희 형제는 여동생까지 해서 세 명인데, 모두 같은 대학에 다녔습니다. 공무원인 아버지의 봉급으로 사립대학이나 서울에 있는 대학에 다닐 수는 없었으므로, 다행한 일이었지요. 게다가 그 학교는 집에서 걸어서 10분 거리였으니까 여러 모로 편리했어요.

오빠는 말 없는 사나이였는데, 교우 관계는 좋은 편이었습니다. 그래서 오빠 친구들이 늘 집에 놀러오곤 했지요. 우리집도 넉넉하진 않았지만, 엄마는 농사를 많이 짓는 집의 막내딸이라서, '집에 오는 사람은 꼭 밥을 먹여 보낸다' 는 교육을 받고 자랐답니다. 그래서 라면상이라도 푸짐하게 차려내곤 했지요. 나중에

배고플 때 둘러앉아 후루룩 먹던 라면 한 그릇의 추억은
모두의 머릿속에 행복이란 이름으로
아로새겨져 있다.

들고 보니 용돈이 없어 점심을 일쑤로 굶는 사람도 있었답니다. 그래서 우리집 점심상이 그렇게 고마웠다더군요. 나중에 사회에서 중요한 일을 할 것이라는 믿음 때문에 청년들의 이마에선 빛이 나는 것 같았습니다. 그러므로 점심 대접은 서로에게 흐뭇한 일이 되곤 했습니다.

점심상을 물리면, 방 안에서는 서투른 기타 소리가 배어나오곤 했습니다. 올드 팝인 '해뜨는 집'[2] 같은 걸 오빠가 노래하곤 했는데, 그 가사는 아직도 기억이 납니다. '내 어머니는 재봉사이고 아버지는……' 이란 부분이 특히 그렇습니다. 아버지의 월급이 적어서, 디자이너가 꿈이었던 엄마가 몇 년간 동네 양장점을 한 적이 있습니다. 손님과의 약속을 지키느라고 얼굴이 새파래져서 밤샘 바느질을 하던 엄마가 생각납니다. 손끝은 바늘에 숱하게 찔려서 구멍투성이였지요. 고등학교 시절, 어느 대학의 작품공모에서 제가 〈바느질〉이라는 시로 1등상을 탔을 때, 신이 나서 관용차로 시상식에 태워주마던 아버지가, 시를 읽어보더니 가지 말자고 하시던 일이 기억납니다. 아마 아버지는, 능력 없어서 마누라를 삯바느질시킨 남편으로 보이는 게 싫었던 것 같습니다.

아무튼, 제가 행복이란 말로 가장 먼저 떠올린 것은 그런 풍경입니다. 아버지가 건강하시고, 오빠가 친구들과 느긋하게 지내고, 어머니가 기분 좋으시고, 동생과 내가 있는 방은 안전하고 서

늘하던 그 젊은 날 말입니다.

행복이란
지금은 치매로 시립요양원에 계신 이모가
연기 매운 부엌에 서서 꽁치를 구우며
흥얼거리던 창가唱歌

이것은 더 어렸을 때의 추억입니다. 이모는 연년생으로 여동생이 태어난 후 구박데기가 된 저를 종종 데려다가 키워주신 분입니다. 우리집은 그때 동대문에 있었고, 이모집은 왕십리에 있었는데, 그 집은 전체가 15평 정도밖에 안 되었습니다. 2평 될까 말까 한 3개의 방에 외사촌오빠 4명, 외사촌언니 1명, 그리고 이모 부부가 살았는데, 거기에 저까지 얹혀살게 되었던 것이죠. 부엌은 어둡고 굴뚝이 제대로 되어 있지 않아서 꽁치라도 구우면 온 집 안이 매캐해졌습니다. 하지만, 명랑한 웃음과 풍만한 가슴을 지닌 이모는 한 번도 제게 찌푸린 얼굴을 보이신 적이 없습니다. 무조건 한 사랑을 받는 아이를 아십니까? 어른들이 가난한 것은 아이에게 아무런 걱정거리도 되지 않습니다. 사랑만 주면 아이는 행복한 마음으로 쑥쑥 자랍니다. 마치 물로 기르는 새싹채소처럼요.

그 이모는 지금 90이 넘었고, 서울 근교의 요양원에 계십니다. "얘, 내가 왜 여기 있니? 내가 어디가 많이 아프니?"라고 계속해서 물으시면서요. 이모를 생각하면 늘 눈시울이 뜨거워집니다.

평화란
몸이 약해 한 번도 전장에 소집된 적 없는
아버지가 배 깔고 엎드려
여름 내 읽던
태평양전쟁 전12권

아버지는 키가 160이 조금 넘으시고, 체중은 50킬로그램이 안 되었습니다. 일제 때 대학을 다니다가 이웃 대학에 다니던 엄마를 만나서 결혼하셨지요. 아버지는 보충병으로 편성되어 훈련을 받은 적은 있지만, 전쟁에 투입되기 직전에 전쟁이 끝나서 집으로 구사일생 돌아오셨습니다. 그런 아버지는 유독 전쟁에 대한 다큐멘터리를 좋아하셨습니다. 허리 사이즈가 나보다 가느다란 아버지가 배에 복대를 차고 엎드려서 길고 긴 태평양전쟁 전집을 읽던 여름날이 생각납니다. 그때, 중학교 갓 들어간 저도 그 책에서 히틀러의 가스실이나 731부대의 마루타 이야기 같은 것을 읽곤 했지요. 소설보다 더 끔찍한 인류의 범죄가 담긴 책들이었지만, 어쩌면 그것이 아버지가 평화를 느끼는 방식이었던 것 같아요. 이제는 끝난 전쟁의 참혹한 이야기들은, 제게도 나른하고 무료한 여름방학의 평화를 고마운 마음으로 누리도록 해주었지요.

평화란
80의 어머니와 50의 딸이
손잡고 미는 농협마트의 카트
목욕하기 싫은 8살 난 강아지 녀석이
등을 대고 구르는 여름날의 서늘한 마룻바닥

아버지가 50대 중반에 퇴직하신 후, 중학교 교사이던 저는 실질적인 가장이 됩니다. 그 후, 아버지는 폐에 종양이 생긴 것 같다고 검사해보자고 하는 의사들을 뿌리치고 집에 돌아와 몇 년간 앓으시다 돌아가셨습니다. 몇 년 후 오빠도 세상을 떠났습니다. 오빠 친구 중에도 세상을 떠난 사람이 있어서, 지금은 같은 묘지에 있습니다. 오빠 친구들은 '둘이 같이 있으니 심심하진 않겠지' 라고 합니다.

엄마는 80, 저는 50이 넘었습니다. 동생이 아파트에서 못 기르니 데려가라던 강아지가 10살이 되었습니다. 우리는 이렇게 세 식구입니다. 강아지 녀석은 개 나이로는 이제 할배지만, 우리집에서는 제일 어리기 때문에 무조건 사랑을 받고 있습니다. 몇 년 전부터는 사람이 건드리지도 못하게 하기 때문에, 가려우면 자기 등을 마룻바닥에 문지르는 수밖에 없습니다. 아주 뻐기면서 그렇게 합니다. 개가 행복해하면, 엄마와 나의 마음도 행복해집니다.

엄마는 아직도 신문을 두 가지 보시고, TV뉴스를 즐겨 보셔서, 출근 전에 아침상에 마주앉으면, 그날의 시사 이슈를 알려주십니다. 연습장에 일본어 원문을 잔 글씨로 빡빡하게 베끼시며 일본어 단어와 한자 공부를 하십니다. 하지만, 무릎이 아프셔서 아주 천천히 걸으십니다. 제가 손을 잡아드리면 아무리 천천히 걸으려 해도 속도 차이가 너무 나기 때문에 오히려 넘어지실까 봐 가끔 손을 놓습니다. 그러면 엄마는 계단 옆 난간을 잡고, 한 걸음, 한 걸음 조심조심 내려오십니다.

휴일이면 그런 상태로 엄마와 함께 아이쇼핑에 나섭니다. 백화점에서 옷도 구경하고 대형마트에서 음식 재료도 삽니다. 엄마는, "얘, 이 안엔 나 같은 노인은 아무도 없구나"라고 하십니다.

가끔 "친정어머니세요, 시어머니세요?"라고 묻는 아주머니들도 있습니다. 제가 "친정어머니예요"라고 대꾸하면, "어쩐지……" 하고 웃습니다. 저는 엄마에게, "엄만 참 복이 많으셔, 그렇지? 나 같은 딸을 두었잖아"라고 으스댑니다. 엄마는 "그러게"라며 웃으십니다.

영원했으면…… 하지만

지나가는 조용한 날들

조용한…… 날들…….

하지만, 이 조용하고 행복한 날들은 지나가고 있습니다. 아침
에 출근하려고 대문을 나오면, 엄마가 대문 앞에서 배웅을 하십
니다. 나이 때문에 체구가 작아지신 어머니가 손을 흔드는 모습
을 보면, 눈을 끔벅이며 그 장면을 마음에 담아두려 할 때가 있습
니다. 왜냐하면, 이건 지나가는 날들이니까요.

언젠가 이 장면을 못 보게 될 때를 위해, 저는 다시 뒤를 돌아
봅니다. 왠지 눈물이 고일 것 같습니다. 엄마가 손을 다시 흔드십
니다. 저도 엄마에게 한 번 더 손을 흔듭니다. 그리고는 골목을
나옵니다.

[1] 〈조용한 날들〉, 현대시 2008년 7월호 발표.

[2] Animals, 〈The house of the rising sun〉, 1964

원래 민요이던 것을 앨런 프라이스가 현대적으로 편곡해 불렀다 함. 뉴올리
언즈에서 도박꾼인 아버지와 재봉사인 어머니에게서 자라 불행한 인생을 살
게 된 청년이 고향으로 돌아오며 부른 자조적인 내용의 가사.

조용하고 아무 일 없던,
그런 날이 행복임을 깨닫는 순간
조용한 날들은 흘러가고 있습니다.

양애경 시인

1982년 중앙일보 신춘문예에 시가 당선되며 등단했다. '시힘' 동인으로 활동

하고 있으며 현재 공주영상대 방송영상스피치과에서 후학들을 가르치고 있다.

시집에 『내가 암늑대라면』, 『바닥이 나를 받아주네』 등이 있다.

행복이
눈에 보이는
시간

윤후명

소설가, 국민대 문창대학원 겸임교수

길고 유난했던 겨울을 지나 쓰나미 사태를 헤치고 봄 앞에 앉습니다. 이 지구라는 별에서 어려운 일은 일상이 되어버렸으니, 모두 감내해야 할 일들이겠지요. 그리하여 꽃들은 또 피어납니다. 어느 해 저 꽃들마저 한 송이 피지 않고 그저 캄캄한 날이 된다면……. 이런 시련조차도 축복이라고 받아들입니다. 살아 있는 날들의 경이로운 축복이지요. 많은 어려움을 겪었기에 살아 있음 자체가 축복이 되는 그런 삶이 우리 앞에 있는 것입니다.

　긴 겨울을 보내느라 몸부림치며 상록의 나라를 그리워하다가 막상 그곳에 가서 새로운 풍경을 맞아들였습니다. 사시장철 꽃이 피어나는 그곳을 부러워하기를 몇 해였던가요. 그리고 우리 꽃시장에서 '러브 하와이'라고 얄궂게 이름 붙인 풀루메리아꽃, 그곳 어느 나라에서는 참파위꽃이라고 부르는 그 꽃이 피어 있는 아침 노천 식탁에도 앉았습니다. 흐르는 물가의 작은 식탁에도 행복은 그 꽃향기처럼 소록소록 숨 쉬는 것이겠지요. 그러다가 그곳 사람들은 봄이 되면 한국으로 꽃구경을 간다고 하는 말을 들었습니다.

　"아니, 왜요?"

　언제나 꽃들이 지지 않는 땅에 사는 사람들이 한국으로 꽃구경을? 자

못 놀라지 않을 수 없었습니다. 설명은 간단했습니다. 그곳에서는 한국에서처럼 한꺼번에 경천동지 개벽하듯 와아 밀려드는 온누리의 꽃차례를 경험하지는 못한다는 것이었습니다!

아아. 그제서야 봄이 이 마음과 몸, 저 우주홍황까지 온통 환하게 밝혀서 우리를 새롭게 태어나게 한다는 사실을 알았습니다. 놀라움이 아닐 수 없었습니다. 어려움, 새로움, 놀라움이 모두 하나가 되어 삶을 용솟음치게 하는 그 한국이 여기에 있다는 사실을 함께 알았습니다.

지난 겨울, 이젠 겨울만 계속될 것 같은 움츠림을 떨치고자 동남아로 가서 쓴 글이었다. 계획되었던 강연도 뜻하지 않게 취소된 뒤로 탈출하다시피 서울을 떠났던 것이다. 강연은 인쇄할 원고까지 보낸 상태였다. 어쩔 수 없다는 것이었다. 이유는 이름도 생소한 구제역. 이상한 병으로 가축들을 '살처분' 하고 있다는 사실은 알고 있었지만 내게까지 여파가 밀려올 줄은 몰랐다. 그래서 겨울은 더욱 춥고 어둡게 흘러가고 있었다. 발굽이 홀수여서 우제류라고 부르는 동물에게 걸리는 병. 소와 돼지는 우제류, 말은 기제류라고 했다. 오래 전에 생활 기반을 잃은 아버지가 마지막 기댄 것이 돼지였다. 그 시절의 어려움을 굳이 되새겨서 무엇하겠냐만, 원인 모를 병 때문에 사육을 포기했던 참담한 기억만은 새롭다.

꽃을 바라본다. 이윽고 그 시선은 **추억을 바라본다.**
　　　　추억 속의 나는 사랑을 느끼는 사람이었다. 사랑을 느끼는 사람은
행복을 느끼는 사람이다. **사랑할 때 사람은 행복하다.**

돌아오고 나서도 한겨울은 여전했다. 그래서 계절을 잊으려는 듯 망고 열매를 그려 벽에 붙여놓았다. 달고 부드러운 과육이 입 안에서 녹는 듯하다. 동남아 몇 나라를 가곤 했었지만 실상 그 나무를 직접 본 적도, 꽃을 본 적도 없었다. 견디기 힘든 겨울날이면 어디론가 따뜻한 어느 곳으로 가서 망고나무 아래 서 있고 싶다고 생각했었다. 그렇게 늘 꽃향기를 그리워하며 한 발짝씩 눈속을 헤쳐 가고 있다가 마침내 그 나무를 보았고, 또 시장을 돌아 여러 개 사기도 했다.

오늘이 삶의 마지막 날인 듯 살라는 교훈이 있다. 그만큼 절실하게 살라는 말일 것이다. 얼마 전 병원에 입원하여 병상에 누워 그 말을 다시 떠올렸다. 그러면 나는 어떻게 살아야 할까. 뜻밖에도 나는 식물과 깊은 교감을 맺어야겠다는 마음을 다졌다. 세상을 아름답게 보는 눈을 가져야 함은 모든 산 자들의 권리이자 의무이며, 그 아름다움은 식물에 있기 때문이라고 한마디로 요약하면서.

봄이 되면 살구나무를 꼭 심겠다고 벼르고 있다. 꽃도 꽃이고 열매도 열매지만, 내 고향집 옆 골목 어귀에 서 있던 한 그루 살구나무를 기억하기 때문이다. 이미 오래 전에 남의 집이 되어버린 고향집을 한 그루 나무로 내 가슴에 불러들이고자 하는 마음인 것이다. 추억을 불러들이는 것은 가슴속에 옛 모습을 꽃피우기 위해서이다. 그 나무를 심으며, 지난해 세상을 떠난 어머니를 가슴속에 불러들이게 될 수도 있을 것이다.

살구나무와 함께 이웃집 소녀를 추억한다. 소꿉동무였던 소녀와 나는 나중에 크면 결혼하겠다는 말을 듣는 사이였다. 그러나 우리는 너무 어렸고, 전쟁과 함께 볼 수 없게 되고 말았다. 소녀는 피난을 가다가 죽었다고 했다. 나는 살구나무 밑을 지나가는 소녀를 생각한다. 그 모습은 도무지 아득하기만 한데 살구꽃 향내 달콤한 가운데 어딘가 동그마니 얼굴을 드러낼 것만 같다. 고향과 함께 죽음에서 살아나올 것만 같다.

초등학교 때의 같은 반 소녀가 떠오른다. 소녀는 양귀비꽃밭에 서 있다. 그 무렵은 양귀비를 심어 배앓이에 가정상비약으로도 썼고, 또 아편으로 만들기도 하던 시절이었다. 소녀는 초등학교를 졸업하자마자 얼마 안 있어 시집을 갔다고 했다. 세계의 어딘가 양귀비를 재배하는 곳 이야기를 들으면 소녀의 모습이 떠오른다. 전쟁 뒤의 가난을 이긴 모습이다.

복숭아나무 아래 또 한 소녀가 서 있다. 소녀는 내게 복숭아를 권한다. 나는 소녀와 함께 마을을 지나 나지막한 언덕으로 간다. 아래쪽 논밭에서 일하는 사람들이 내려다보인다. 우리는 손을 맞

잡는다. 그 눈동자 속에 내가 있다. 미래에 대한 기대와 불안 속에 나는 사춘기를 지난다.

여러 식물들이 잎과 꽃을 피우고 열매를 맺는 가운데 내 삶은 여기까지 왔다. 그 풀과 나무의 소녀들을 본다. 그렇다면 나는 꽃에서 소녀들을 보는 것인가, 아니면 소녀들에게서 꽃을 보는 것인가. 아니, 그 둘은 내게로 와서 하나의 모습으로 합일되어 있다.

병상의 내가 새삼 식물과의 교감을 강조하게 된 까닭은 어디에 있을까. 따져보면 그것은 '내'가 그러자고 한 게 아니라 내 삶이 내게 명했다는 느낌이 짙다. 여기에, 내가 삶을 살아가는 게 아니라 삶이 나를 이끈다는 새로운 깨달음이 있었다.

그리하여 거짓말처럼 맞이한 이 봄. 나는 새삼 풀 한 포기와 나무 한 그루, 그 한 잎새, 한 잎맥까지 깊이 알아보지 않으면 안 되겠다고 여기고 있다. 꽃 한 송이마다 지극한 사랑을 맺어야 한다는 것이다. 그러기 위해서는 소녀들의 눈길이 스쳤을 그 순간을 내 마음에 아로새겨야 한다고, 나는 다짐한다. 그렇게 사라졌을지라도 그 눈길을 다시 살리면 여전히 잎 피고 꽃 피는 모습을 볼 수 있겠기에. 나이 들면서 사랑이 잎 피고 꽃 피는 순간

만큼 소중한 행복은 없음을 알았기 때문에.

　나의 소녀들과 함께 꽃향기를 맡으면, 가라앉은 몸도 가뿐해지리라 믿으며 이제 봄도 곧 막바지에 이르리라 안타까움을 품는다. 봄이 너무 짧아져 시작되자마자 여름이 되고 만다고도 한다. 나는 부지런히 들풀이며 들꽃들을 들여다보며 종로 6가의 꽃가게도 들락거렸고, 양평의 개울가를 헤매기도 했다.

　식물에 대해 배울 때 나는 무엇보다도 행복하다. 지난 해에 꽃을 전문으로 하는 친지의 집을 찾았다가 떠나올 무렵 느닷없이 박스에 한가득 담아 내온 갖가지 우리 식물을 선물로 받았었다.

　"우산나물, 큰앵초, 자란초, 터리풀에다 이건 쥐오줌풀인데요. 쥐오줌 냄새가 어떤 건지 맡아보세요."

　아껴 기르던 것을 아낌없이 나눠주기가 얼마나 어려운지 알고 있는 나는 그저 고맙기만 했다. 겨울이 지나고 그것들이 그 집에서만큼 잘 자라주지 않으면 어쩌나, 걱정이 앞섰건만, 다행히 건강한 싹이 돋아주었다.

　언젠가부터 나는 어디를 가든 꽃, 식물을 보러 간다고 여기고 있다. 우리나라의 어느 지방이나 세계의 어느 나라나, 어디를 어떤 일로 가든 꽃을 볼 시간을 내지 않으면 안 된다. 이른바 '꽃 한 송이에서 우주를 본다'는 태도를 갖고자 한다고 당당히 말해도 좋다. 하기야 나는 어려서부터 풀이나 나무에 흥미를 가져왔었다. 흔히 말하기를 꽃, 식물이 눈에 들어오기 시작하면 나이 든 표시라고 하건만, 그런 건 아니다. 어떤 쪽이든 자기가 관심을 가져온 분야가 눈에 들어올 뿐이다.

지난해에 인천에서 배를 타고 간 섬에서도 행사 틈새에 여기저기 기웃거리다가 노란색 꽃을 발견하고 다가간 나는 놀랐다. 길에서 그리 벗어나지 않은 밭 가장자리에 다른 풀들과 어우러져 한 포기 피어 있는 그 꽃은 생김새는 엉겅퀴이기는 한데 노란색이었다. 노란 엉겅퀴도 있단 말인가. 나는 나름대로의 지식을 동원해 생김새를 살펴보았다. 엉겅퀴가 틀림없었다. 노란 엉겅퀴꽃!

그림을 그린다고 붓을 들기 시작하여 꽃을 그리다가 엉겅퀴가 주종을 이룬 지도 꽤 시간이 지났다. 어줍잖게 전시회에도 내놓고 책에도 선보였다. 질긴 생명력과 화사한 꽃빛, 어린 순은 나물로 해먹을 수 있지만 자라면 가시가 날카로워 건드리기 어렵다. 흔히 볼 수 있는 붉은 것 말고 흰 것도 있어서 나는 두 가지를 몇 장씩 그려놓았다. 그런데 새로 나타난 꽃이었다.

애초에 내 책에 곁들이기 위해 꽃을 그리기 시작했다. 그러는 과정에서 그림 속으로 점점 빠져들었다. 요즘 '인생 2모작'이라는 말이 보편화되었다고 내가 글의 '1모작'에서 그림의 '2모작'으로 넘어간 것은 아니다. 나는 여전히 글을 붙안고 있는 '1모

태양을 닮고 싶은 꽃. 그 꽃을 닮고 싶은 고흐.
그리고 그림에서 전해지는 찰나의 행복감.
그렇게 행복은 전이되는 것이다.

작'의 세대이다. 아니, 글이란 삶 자체라는 점에서 무슨 '모작'으로 국한되는 게 아니라 오로지 영원한 작업일 수밖에 없다. 인간과 동물을 구분짓는 것, 나아가 유사 이전과 유사 이후를 구분짓는 것은 글자밖에는 없기 때문이다.

글과 그림을 어떻게 조화시키느냐, 둘의 만남을 어떻게 승화시키느냐 하는 문제가 내 앞에 놓여진다. 글과 그림은 '생각을 보여준다'는 공통의 목적을 향한다. 그래서 그 조화와 승화는 이른바 시너지 효과를 가져올 수 있을 것이다. 엉겅퀴를 그리게 된 것도 먼저 쓴 글에 힘입은 바 컸다. 비록 엉겅퀴를 전문적으로 그리는 화가가 있다 하더라도 나는 또 다른 엉겅퀴의 길을 가리라 한다. 다른 많은 엉겅퀴가 그려진다고 한들 나와는 무관한 길이라고 믿기에, 나만의 엉겅퀴가 피어나는 길, 내 삶의 길을 찾아가야 한다. 내 삶이 어디까지인지는 몰라도 나는 언제까지나 '보는 자'로서 살아가며 내 생각을 가다듬어야 한다.

이 세상에 붉거나 흰 엉겅퀴밖에 없는 줄 알았던 내게 노란 엉겅퀴를 보여준 섬이 있었다. 그 발견에 나는 기쁘다. 그러한 경이로움을 만나는 일에 앞서서, 꽃을 보려고 시간을 바쳐온 내 인생에 나는 기쁘다. 그러므로 기쁨을 얻고자 하는 사람이라면 먼저 사물을 '보는' 데에 공을 들여야 한다. 노란 엉겅퀴를 내 인생의 그림책에 보태면서, 나는 남다른 공부를 했다고 뿌듯해한다. 행복이란 내 눈에 보이는 사물을 누리고 공부하여 마음을 쌓는 것임을 되새기면서.

윤후명 소설가, 국민대 문창대학원 겸임교수

1946년 강원도 강릉에서 태어나 연세대 철학과를 졸업하고, 1967년 「경향신문」 신춘문예에 시 〈빙하의 새〉가 당선되었다. 1994년 〈별을 사랑하는 마음으로〉로 제39회 현대문학상, 1995년 〈하얀 배〉로 제19회 이상문학상을 수상하였으며, 2007년에는 제10회 김동리 문학상을 받는 등 많은 상을 수상한 바 있다. 현재는 창작에 전념하면서 문학비단길 고문과 국민대 문창대학원 겸임교수로 활동하고 있다.

행복에
대한
단상

장석주

시인

행복과 불행

많은 사람들이 행복해지기를 원하지만 정작 행복을 느끼면서 사는 사람은 아주 드물다. 왜 그럴까? 행복의 자원들을 쓸데없는 걱정, 두려움, 우울증, 스트레스에게 쉽게 뺏겨버리는 까닭이다. 누구나 살면서 겪는 기쁨과 괴로움의 요인들이나 그 총량은 엇비슷하다. 어떤 사람에게는 햇빛만 비치고, 어떤 사람에게는 비만 내리는 경우는 없다. 햇빛과 비는 공평하다. 그럼에도 어떤 사람은 행복하고, 어떤 사람은 불행하다. 불행한 사람의 특징은 그냥 불행한 것이 아니라 몹시 불행하다는 것이다. 그들은 심장이 두근대는 행복한 순간을 제 것으로 꽉 붙잡지 못하고 흘려보낸다. 행복이 팡파레를 울리며 거창하게 다가오는 줄만 안다. 행복은 살그머니 왔다가 살그머니 사라진다. 행복한 순간들은 쉽게 놓치는 사람들이 걱정거리들은 놓칠까 봐 움켜쥔다. 그리고 자아를 세상과 불화하게 방치하면서 '세상에 자기만큼 불행한 사람은 없다'고 하소연한다.

햇빛은 모든 사람에게 공평하게 비친다.
하나 어떤 이는 따뜻하다 하고 어떤 이는 춥다고 한다.

행복

　정신의 고양(高揚), 생기의 가득 참, 기쁨의 생동 속에 있을 때
우리는 행복하다. 마음에 뜻밖에도 가득 찬 고요와 평화, 도취,
꿈이 현실이 되는 융합도 행복감을 불러온다. 행복이란 마음에
채워야 할 어떤 공허도 없을 때 온다. 사랑, 웃음, 도취로 이끄는
기호들, 드높은 목표의 달성, 경이롭게 펼쳐진 자연 절경들…….
이것들이 불러일으키는 놀라움과 기쁨은 우리에게 생기를 주고
가슴 뛰는 삶으로 이끈다. 가슴 뛰는 삶이야말로 행복한 삶이다.
가슴 뛰는 삶은 운명의 피동적인 수납이 아니라 내가 꿈꾼 바로
그 삶, 자발적 의지와 행동으로 일군 최상의 삶이다. 행복이란 실
재가 아니라 마음을 물들이는 기이함이다. 그런 까닭에 행복은
그것을 감지하고 즐길 줄 아는 마음이 있어야 한다. 행복은 물질
이나 조건이 아니라 그것을 마음의 지복으로 받아들이고 누리는
주체의 역량이다. 사과 하나를 쥐고도 기뻐한다면 양손에 사과를
쥐고도 더 많은 사과를 가질 수 없어 불행하다고 생각하는 사람
보다 분명 행복하다. 행복은 행복에 대해서 말하는 것이다. "우리
는 행복을 체험하는 것만으로 만족할 수 없다. 행복은 뭔가를 말
해주어야 하고, 뭔가를 가져다주어야 한다."(베르트랑 베르줄리,

『내가 행복해야만 하는 이유』) 행복은 찰나에 현현하지만, 찰나를 넘어서는 즐거움의 지속이고, 앞으로도 즐거울 것이란 약속이 있는 한에서 가능하다. 행복은 "살아 있는 것 속에서 살아 있다고 느끼는 것. 행복의 순간. 차라리 지복(至福)의 순간."(베르트랑 베르줄리, 앞의 책)이다. 살아 있는 모든 사람은 그 살아 있음이 곧 행복의 순간이란 걸 깨달아야 한다. 살아 숨 쉬는 순간은 행복의 순간이요, 지복의 순간이다. 행복한 사람은 불행의 조건에 처할 때조차 그 불행의 감염에서 벗어날 수가 있다.

다시, 행복

요컨대 행복은 조건의 문제가 아니라 받아들이고 느낄 줄 아는 능력이다. 당연히 돈이 많다고 행복하지 않고, 돈이 없다고 불행한 게 아니다. 주변을 살펴보면 신경질적이고 예민한 사람들은 행복의 조건들은 극소화하고 불행의 조건들은 극대화하면서 사는 데 익숙하다. 그들은 작은 것들과 순간의 행복을 감지하지 못한다. 심하게 말하자면 그들은 행복을 바로 보지 못하는 난독증이나 주의력결핍장애를 앓는 사람이라고 말할 수 있다.

또 다시, 행복

햇빛 한 줄기, 메아리, 소나무 숲의 향기, 물의 반짝임, 불쑥 솟은 작약과 모란의 붉은 움, 아이의 건강한 웃음소리, 이웃의 친절함, 평생 모은 돈을 사회에 내놓는 할머니들, 커다란 연잎 위에 떨어지는 초여름의 빗방울들, 소나기 뒤 앞산 골에서 피어오르는 물안개, 새벽에 피어난 수련꽃, 옅은 휘발유 냄새가 나는 조간신문, 방금 구워낸 크루아상, 황금빛 맥주 첫 잔, 제주도의 산굼부리, 오름들, 그리고 비자나무 숲길, 앵두, 레몬향, 고소한 크림 스파게티, 구운 양고기, 창가에서 울리는 편종 소리, 바하의 무반주 첼로 조곡, 제대로 만든 함흥냉면, 베트남 쌀국수, 팥빙수, 다정한 키스의 순간들, 선물, 꼬리에 점박이 무늬가 선명한 나비……. 이 모든 것들은 나를 행복하게 한다. 대개는 돈 없이 얻을 수 있는 것들이고, 살펴보면 이것들은 주변에 지천으로 널려 있다.

불행

가능성과 희망들이 고갈되고, 한 치 앞의 미래도 보이지 않고 온통 불투명할 때, 나는 불행하다. 오래 실직한 상태고 수중에 돈은 다 떨어졌는데, 카드회사에서 연체된 카드대금을 독촉받을 때, 나는 불행하다. 도무지 존경할 수 없는 사람이 큰돈을 벌고 떵떵거릴 때, 입만 열면 부동산과 주식 투자에 대해 열변을 토하는 그와 함께 식사를 하게 되었을 때, 나는 불행하다. 사랑이 습관과 의무로 전락해버렸을 때, 더 이상 연인을 기다리는 일이 가슴 떨리는 기쁨이 아니게 될 때, 나는 불행하다. 문득 어린 시절의 어떤 순간들, 멀리 떨어져 사는 부모님이 귀향한다는 소식을 들었을 때 나는 정말로 기뻤다. 그런데 그 행복했던 순간들로 다시는 돌아갈 수 없다고 생각할 때, 나는 불행하다. 몸이 아프고 주위에 돌봐줄 사람이 없을 때, 나는 불행하다. 나에 대한 근거 없는 나쁜 소문이 돌고 그 소문 때문에 절친했던 사람이 나의 억울한 사정을 헤아려보지도 않고 말없이 등을 돌릴 때, 나는 불행하다. 나의 우둔한 결정과 선택 때문에 선량한 사람들이 고통을 당할 때, 나는 불행하다. 정말 배가 고플 때, 마실 물이 없을 때, 누군가에게서 욕을 들을 때, 하루가 덧없이 저물었다고 느낄 때, 나는 불행하다. 내가 불행하다고 생각할 때, 나는 불행하다. 사람들은 불행에 빠지지 않는 방법에 대해서는 열심히 배우지만 정작 행복해지는 방법은 알지 못한다. 불행한 사람은 불행만 생각하지만, 행복한 사람은 행복만을 생각하지 않는다. 불행한 사람은 불

행복은 벚꽃처럼 순간적으로 현현하고 사라진다.
하지만 우리는 안다. 벚꽃은 어김없이 다시 피어남을······.

행 때문에 불행한 사람이 된 게 아니다. 불행하다는 생각에 젖어 살기 때문에 불행해진다. 행복한 사람도 마찬가지다. 그들은 행복한 조건을 갖고 있어서 행복한 게 아니다. 그들은 행복하다고 생각하기 때문에 행복해진다. 불행은 그것을 불행이라고 꼭꼭 씹으며 향유하는 사람의 몫이듯 행복은 그것을 행복으로 향유할 수 있는 사람의 몫이다. 남들이 그게 행복이라고 아무리 외쳐도 행복을 향유하는 능력이 없는 사람은 행복할 수가 없다.

덧없는 행복

행복은 '덧없다'. 행복이 덧없는 것은 사람이 본질적으로 나약하기 때문이다. 행복은 반드시 타인을 필요로 한다는 것을 통찰한 철학자는 장 자크 루소다. 행복이 타인을 필요로 하고 바로 그렇기 때문에 우연적일 수밖에 없다는 루소의 말에 이어서 토도로프는 이렇게 쓴다. "안타깝게도 우리는 행복하기 위해서 타인을 필요로 하고, 이 타고난 불완전함이 우리의 정체성 자체를 규정한다." 잡았다고 생각한 순간, 행복은 신기루와 같이 저 멀리 달아난다. 행복을 전달하는 타인이란 언제나 변화에 취약하고(나이를 먹고 늙거나 어디론가 떠나고 마침내 죽는다), 그에 따라 사랑은 곧 소멸한다. 행복이란 화사하게 피었다가 곧 지는 벚꽃 같이 무한성의 욕구 앞에서 유한성에 귀속되는 그 무엇이다. 행복은 깨지고 쉽고 덧없다 하더라도 그것을 추구하는 일은 숭고하다. 우리는 살아 있는 동안 행복해질 권리가 있다.

장석주 시인

1979년 조선일보 신춘문예로 등단하고, 〈몽해항로〉로 제1회 질마재 문학상을 수상했다. 동덕여대, 경희사이버대학교, 명지전문대 등에서 강의를 하고, 국악방송에서 '장석주의 문화사랑방', '행복한 문학' 등의 진행자로 활동했다. 현재 경기도 안성의 '수졸재(守拙齋)'에서 월간 신동아, 세계일보 등에 인문학 관련 글들을 쓰며 전업 작가로 살고 있다.

시집 『봉봉거리는 추억의 한때』, 『크고 헐렁헐렁한 바지』, 『붉디붉은 호랑이』, 『절벽』 등과 산문집 『이 사람을 보라』, 『추억의 속도』, 『책은 밥이다』 등이 있다.

희망이었으매
나는 행복하다

오 풍 연

掌篇 에세이스트

어느덧 4권의 에세이집을 냈다. 2009년 9월 『남자의 속마음』이라는 첫 에세이집을 냈다. 이어 2010년 4월 『삶이 행복한 이유』, 11월 『여자의 속마음』, 2011년 4월 『사람풍경 세상풍경』을 잇따라 냈다. 다작임에 틀림없다. 내가 기를 쓰고 내려고 한 것도 아닌데 기회가 찾아왔다. 출판사를 비롯 모든 분들이 고마울 따름이다.

무엇보다 나를 격려해주는 독자가 있기에 가능했다. 많은 작가들이 첫 권을 내고 포기하고 만다. 반응이 없기 때문이다. 아무리 잘 쓴 글인들 독자가 없으면 무의미하다. 글의 생명도 독자의 관심에 비례한다. 그래서 작가는 독자들을 목말라 한다. 나 역시 다르지 않다. 관심을 보여주는 한 분, 한 분이 정말 고맙다.

나는 인연을 정말 소중하게 생각한다. 무명 작가인 나에겐 누구보다 훌륭한 네 분의 독자가 있다. 평범하면서도 예사롭지 않은 분들이다. 누군들 사연이 없겠냐마는 그들의 얘기를 듣노라면 저절로 머리가 숙여진다. 그 분들을 소개하는 것으로 나의 행복론을 설파하고자 한다.

광주광역시에서 안경점을 하는 조영호 씨. 서울신문 논설위원으로 있던 2008년 4월 첫 메일을 받았다. "안녕하십니까? 저는 광주광역시에 살고 있는, 한 아내의 남편이자 두 자녀의 아버지인 조영호라고 합니다. 쓰신 글 내용에 공감을 느껴 독후감을 보냅니다. 저는, 서울신문을 좋아하는데 그 이유 중 하나가 '씨줄날줄'과 '길섶에서'와 같은 간단한 칼럼에서 인간미가 풍기기 때문입니다." 이처럼 자상한 메일은 처음이었다.

이 메일은 서곡이었다. 나도 바로 답장을 보냈다. "선생님께! 격려의 말씀 고맙습니다. 사람이 살다보면 여러 가지 일을 겪게 됩니다. (…) 그런 만큼 글로써 독자들로부터 공감을 받을 수 있다면 더할 나위 없는 영광입니다. 선생님 같은 분이 있는 한 이 세상은 아름답습니다. 남을 배려할 줄 알고, 따뜻한 마음이 있으면 모든 게 아름다워 보입니다. 저는 대학에서 철학을 전공했습니다. 무엇보다 착하고 아름답게 살려고 노력합니다. 뭐니뭐니 해도 건강이 제일이지요. 선생님도 건강에 유의하세요. 온 가족의 행운을 빕니다." 그 분이 신상을 비교적 소상히 밝힌 만큼 나도 예의를 다했다.

보통 메일은 한두 번으로 끝난다. 그런데 그 분은 지금까지 계속 메일을 보내주신다. 물론 나도 짤막하나마 답장을 빼놓지 않는다. 그 분은 독실한 크리스천인데 봉사 활동도 게을리 하지 않는다. 독서량이 워낙 방대해 박학다식하다. 작가임을 자처(?)하는 나보다 관심 분야도 훨씬 많다. 성경은 물론 철학, 역사, 지리, 천문, 수학, 생물 등에도 조예가 깊다. 그 분이 보내준 메일을 일일이 소개할 수 없는 게 아쉽다. 내가 책을 펴낼 때마다 뜨거운 성원을 보내준다. 독후감도 빼놓지 않고 평론가 이상의 필력을 자랑한다. 지금껏 그 분이 보내준 메일을 하나도 버리지 않고 모두 보관하고 있다. A4용지로 400장은 족히 넘을 것 같다. 언젠가 그 분을 위해 책을 펴낼 생각을 갖고 있다.

두 번째 나를 감동시킨 독자는 인천의 가정주부 조○○ 씨. 현재 항암치료를 받고 있다. 남편도 암으로 떠나보낸 뒤 두 딸과 함께 살고 있다. 나에게 세 번째 에세이집을 주신 분이다. 그 분과의 인연으로 『여자의 속마음』을 공동으로 펴냈다. 나에게 보내준 메일도 실렸다. 글을 아주 잘 쓰신다. 여성의 섬세함과 한국 엄마의 본성이 그대로 드러나 있다.

"우연히 『남자의 속마음』이란 책을 읽게 되었습니다. 기자에 대한 편견을 가지고 있었는데 선생님 글을 읽으면서 이렇게 마음이 소박한 기자도 있는 거구나, 제가 성급한 일반화의 오류에 빠졌었다는 생각을 했습니다. (…) 저는 73학번 숙명여대 출신으로 사는 곳은 인천이며 장성한 두 딸의 엄마입니다. 취미는 책 읽기와 일기 쓰기(일기 쓰기가 취미라니까 좀 웃기네요). 그리고 몇 년 전 암으로 남편을 먼저 하늘나라로 보내고 결혼하고 그만둔 사회 생

내 작은 행동이 **힘에 겨운 누군가에게 희망이 된다면** 그보다 더 행복한 일은 없을 것이다.

활을 다시 시작한 지 얼마 안 된 사회 초보입니다. 설상가상으로 남편 그늘에서 편히 살던 저에게 사회 생활은 너무 혹독했습니다. 그러다 보니 원치 않은 병을 얻어 지금 항암 치료를 시작한 지 4년이 되어가네요. 물론 직장 생활은 그만두었고요. 올해 딸들이 대학을 졸업하고 취업을 해서 겨우 생활을 하고 있는 중입니다만 사람들이 생각하는 것처럼 불행하지는 않습니다. 매일 행복하게 잘 살아가고 있습니다. 행복은 가진 것에 좌우되는 건 아니니까요. 선생님의 글을 보면서 사소한 일상을 꾸밈없이 소박하게 표현해 내는 글솜씨가, 꾸며진 작가들과는 달라서 아주 매력적입니다. 하루이틀 연습하거나 또는 가식적인 것으로는 표현하기 어려운, 흔히 젊은애들이 말하는 내공에서 나온 것임을 쉽게 알 수 있었습니다. 꾸민다고 되는 게 아닌 것이 우리 인생살이 아닙니까. 보기 드물게 따뜻하고 수수한 분을 알게 되어 참 기쁩니다. 평안하십시요."

2010년 8월 9일 받은 글이다. 이런 글을 받고 나면 누군들 감동하지 않겠는가. 졸저를 읽고 독후감을 보내주니, 더 이상 무엇을 바라겠는가. 역시 답장을 보내드렸고, 이후 계속 메일을 주고받고 있다. 물론 그 분의 인천 집으로 찾아가 만난 적도 있다. 100일째 되던 2010년 11월 19일 찾아갔다. 처음 뵈었는데도 전혀 낯설지 않았다. 마치 친누님이 오래된 동생을 대하는 것 같았다.

가장 최근에 보내준 글 역시 나로 하여금 자세를 가다듬게 한다. "저녁 나절에 경비실에서 택배가 와 있다고 하여 보니 선생님의 책이 도착해 있었습니다. 책 표지가 너무 예쁘고 매력적입니다. 이미 읽었던 내용이 많았는데도 새 옷을 입어서 그런지 새롭게 느껴졌어요. 이번 책으로 인해 선생님의 색채가 더 공고히 드러나는 느낌이 들었습니다. 늘 느끼는 거지만 간결하고 군더더기 없는 문장이 조미료 없는 집밥을 먹는 느낌이랄까 뭐 그런 개운한 뒷맛…… 주부라서 늘 밥에 비교를 하네요. 아무튼 책을 거듭할수록 더 확고해지는 선생님만의 색채. 참 좋습니다. 저는 선생님의 글을 인공 조미료가 안 들어간 집밥이라고 표현하고 싶습니다. 먹고 나서 속이 편해지고 개운해서 힘이 나는 밥과 같은 글. 오늘도 글을 읽은 독자들에게 힘을 주는 영혼의 양식이 되길 바라면서. 또 소식 드릴게요." 이처럼 다정다감하다. 독자의 주문도 외면할 수 없다. 나는 지금까지 글을 써온 대로 계속 쓰겠다고 다짐한다.

경북 구미에 살고 있는 주부 서정숙 씨도 잊을 수가 없다. 경북 청송이 고향인 그녀는 여전히 문학소녀답다. 어릴 적 작가를 꿈꿨다고 한다. 지인이 전해준 내 책을 보고 메일을 보내왔다. 그래서 인연이 닿았다. 남편과의 사이에 1남1녀가 있다. 엄마로서, 아내로서 최선을 다하는 그녀가 자랑스럽다. 메일 구석 구석에 그녀의 일상이 그대로 드러난다.

　네 번째 에세이집『사람풍경 세상풍경』이 나오자 가장 좋아했던 사람도 그녀다. 마치 어린아이처럼 좋아했다. 보내온 글에도 사랑이 가득 담겨 있다. "이제야 글을 보냅니다. 그동안 아들과 딸이 중간고사 시험기간이라…… 고등학교는 내신을 잘 받아야 하기에 인터넷도 못하고 아이들 공부할 때 저는『사람풍경 세상풍경』을 읽으며 뒷바라지를 했습니다. 책은 재미있게 잘 보았어요. 살다 보면 작은 것에 실망스러울 때도 있지만 산다는 것이 행복이라는 걸 느낄 때가 종종 있네요. 비 오고 바람 불고 황사까지 날리는 고요한 봄날…… 몇 개월 세월이 지났지만 정작 인사 한 번, 성의 표시도 한 번 못했는데 그저 좋은 인품과 귀한 인연, 고마움에 말문이 막혀 버립니다. 매번 책을 읽을 때마다 느끼지만 참 다양하게 맺으신 인연들을 소중하게 생각하시고 여러 형태로 소재를 삼으셔서 글을 쓰신 오 작가님은 진정한 휴머니스트이시고 에세이 작가로 성공하실 것 같은 필이 느껴집니다. 사람 사는 이야기, 삶의 향기, 희노애락, 인생을 노래하는 글을 보따리 보따리 풀어서 쓴 이야기를 일독하며 순간 눈물이 왈칵할 때도 있었고 가슴에서는 감동이 되어 스파크 튈 때도 있어서 참 많이 행복하고요. 형식이나 틀에 박힌 작가가 아닌 오 작가님의 색채와 빛깔이 분명한 오 작가님만의 인생관과 철학을 일관성 있게

잘 표현하는 좋은 글을 앞으로도 계속 볼 수 있길 진심으로 기
원합니다."

구미에 계신 주부는 아직 보지 못했다. 메일과 전화로만 소식
을 주고받을 뿐이다. 그런데도 남같지 않다. 마치 여동생을 대하
는 기분이다. 가정사를 얘기하는 정도까지 이르렀으니 보통 인연
이 아니다. 최근엔 그 주부의 친정 아버지로부터 두릅과 고춧가
루를 선물로 받았다. 모두 자연산. 딸에게서 내 얘기를 전해 듣고
보냈다고 했다. 행복이 배가됨은 두말한 나위가 없다. 나는 겨우
내 책 두 권을 보내드렸다.

마지막으로 소개할 사람은 원주교도소에 수감 중인 최 모 씨.
먼저 출판사 사장을 통해 소식을 전해왔다. "안녕하십니까? 동안
옥체 만강하옵시며 두루 집안이 평안하옵신지요. 요즘 날씨가 따
뜻한 햇빛이 완연해지는 걸 보니 봄이 성큼 다가온 것 같은 느낌
이 드는군요. (…) 저는 원주교도소에 수감되어 있는 최 모란 사람
입니다. 현재 징역 1년 6월의 형을 선고받고 확정되어 복역하고
있습니다. 만기는 2012년 5월 15일입니다. 저는 지금 방황의 늪
에서 어찌할 바를 몰라 망설임과 서성대며 하루하루의 고달픈 삶
을 살아가고 있습니다. 헌데 우연히 교도소 측의 배려로『여자의
속마음』이란 에세이집을 읽게 되었습니다. 조풍연(내 성을 조씨로
바꿈) 선생님의 솔직하고 담백한 글의 내용을 보고 정말 감명 깊

게 마음에 와 닿았습니다. 그래서 조풍연 님의 연보를 볼려고 또한 연락처를 몰라서 황 사장님께 글을 올리는 것입니다. 조 선생님의 진솔하고 세상 살아가면서 겪게 되는 인생사의 한 단면을 연상케 하는 글귀들이 수록되어 있어서 고맙다는 글이라도 조풍연 선생님에게 올리고 싶습니다. (…)"

그 편지는 며칠 후 나에게 전달되었다. 나는 바로 답장과 함께 두 번째 에세이집『삶이 행복한 이유』을 부쳐주었다. 재소자에게 책은 보내줄 수 있다. 바로 답장이 왔다. 그는 편지에 네 잎 클로버를 보내왔다. 교도소 운동장에서 발견했다고 밝혔다. 나에게 행운을 주겠단다. 어찌 고맙지 않겠는가. 첫 번째 편지 1개, 두 번째 편지 1개, 세 번째 편지 2개, 네 번째 편지에서 또 1개를 부쳐왔다. 모두 다섯 개의 네 잎 클로버를 받았다. 너무 귀중한 선물이라서 책상 서랍에 넣어 두었다. 영원히 간직할 참이다.

내가 그에게 보낸 첫 번째 편지는 다음과 같다.

"보내주신 편지 잘 받았습니다. 내용이 매우 감동적이었어요. 그래서 몇 번 읽어 보았습니다. (…) 무엇보다 용기를 잃지 않고 재기를 꿈꾸고 계셔서 안도가 됩니다. 지낼 만하다고 말씀하지만, 힘드시겠죠. 저도 여러 차례 교도소, 구치소 면회를 다녀온 바 있습니다. 지인들이 이런 저런 일로 힘든 생활을 할 때 찾아갔었죠. 살다 보면 별일이 다 있잖아요. 멋지게 재기를 하면 됩니다. 정치인들을 보면 알 수 있을 겁니다. 편지의 네 잎 클로버는 저를 더욱 감동시켰습니다. 처음에는 보지 못했어요. 자세히 보니까 행운의 클로버였어요. 저에게 행운을 주신 점, 다시 한 번 감사드립니다. 조만간 좋은 일이 있지 않을까 기대해 봅니다. 어떻게 구하셨는지도 궁금하고요. 아무튼 영원히 간직하겠습니다. (…)"

사람 사는 세상은 똑같다. 나는 그저 우리 주변의 삶의 노래하고, 글을 쓰면서 행복을 찾는다. 그래서 글을 쓰는 순간이 가장 즐겁다. 그 동기는 위에 소개한 네 분이 주었다고 해도 과언이 아니다. 그들은 1백 명, 1천 명, 1만 명의 독자보다 소중하다. 글을 쓰다보면 조금 게을러질 수도 있다. 그랬더라면 4권의 책은 빛을 보지 못했을 것이다. 앞으로도 한 분의 독자가 있는 한 글을 계속 쓸 계획이다.

행복은 멀리 있지 않다. 가까운 데서, 또 실천 가능한 범위 안에서 찾으면 된다. 그 중심점은 바로, 나 자신이다. 지금처럼 살아 있는 글, 숨 쉬는 글을 쓰려고 한다. 내가 그리는 행복론의 단초다.

오풍연 掌篇 에세이스트

1960년 충남 보령에서 태어나 1986년 12월 서울신문사에 입사했다. 서울시 경찰청 출입기자, 법조반장, 국회반장, 노조위원장, 청와대 출입기자(간사), 논설위원, 제작국장, 법조大기자를 지냈고, 현재 문화홍보국장으로 있으며 언론계를 대표해 법무부 정책위원회 정책위원을 맡고 있다. 『남자의 속마음』, 『여자의 속마음』, 『세상 풍경 사람 풍경』을 펴내며 장편(掌篇) 에세이스트로 평가받고 있다.

2

발견, 찾아내는 행복

가난한 삶이나 어려운 환경에서도 행복을 찾아낸다

결심한 만큼
행복해진다

이 채 윤

작가

대단한 은혜를 입은 사람

내가 아는 어느 화가는 '3무(無)정책'을 평생 고수하며 살고 있다. 그는 아내가 있으나 자식이 없고, 차는 있으나 운전면허가 없고, 부유하게 살고 있으나 신용카드가 없다. 그래서 그는 자신의 일 외의 것에 신경 쓰지 않고 시간을 고스란히 자기 것으로 살고 있다. 그는 온전히 그림 그리는 일에만 몰두한다. 사람이 '시간'을 온통 자기 것으로 삼을 수 있다면 그것은 '영원'과 다를 것이 없지 않은가! 자신이 하고 싶은 일을 하면서 사는 사람은 행복한 사람이다. 일찍이 영국의 철학자 토머스 칼라일은 이런 말을 했다.

"자신의 일을 발견한 사람은 이미 대단한 은혜를 입은 사람이다. 그런 사람은 그 이상의 것을 추구해서는 안 된다. 그 일이 그가 평생 동안 추구해야 할 일이기 때문이다. 스스로가 찾아낸 일에 열중하는 순간, 그 사람의 영혼은 순식간에 조화를 이룰 수 있다."

그런 점에서 내가 아는 그 화가는 정말 '대단한 은혜를 입은 사람'이다. 그는 어려서부터 그림을 좋아했고 그것이 자신의 '달란트'라고 믿고 평생을 정진했다. 나는 일찍부터 자신의 재능을 알고 그것을 계발해서 자기 세계를 구축하여 일가를 이룬 그를 가장 행복한 사람이라고 생각한다. 그는 3무정책으로 '그 이상의 것을 추구'하려는 자신을 통제할 줄도 아는 현명한 사람이다.

그 화가와는 사정이 많이 다르지만 나도 3무정책을 고수하며 살고 있다. 나는 운전면허가 없고, 신용카드가 없고, 집이 없다. 같은 3무정책이지만 실상을 들여다보면 사뭇 다르다. 그 화가는 여유가 있으면서 실행하는 고집스러운 것인 반면 나는 어쩔 수 없는 경우에 내몰려서 선택한 것이 대부분이다. 하지만 나는 그 화가처럼 '대단한 은혜를 입은 사람'으로 살아가고자 노력하고 있다.

어려서부터 문학을 좋아한 나는 그것이 내 '달란트'라고 믿고 그 길을 걸으려 했다. 하지만 가정형편이 여의치 않았고 생계를 위해 일찍부터 돈벌이에 나서야 했다. 운이 좋았던 덕분인지 사업 수완이 좀 있었던 덕분인지 동대문 시장에서 자전거 배달로 시작한 나는 점포를 얻고 의류회사와 무역회사에 납품을 하면서 돈을 벌기 시작했다. 차를 사고, 집을 사고, 땅을 사고, 공장을 짓고, 사업을 확장하면서 나는 허겁지겁 살기 시작했다. 나는 일 년

365일 내내 그저 시간에 쫓기듯 바쁘게 뛰어다녔고 그것이 목적 그 자체가 되고 말았다. 때로 '내가 꿈꾸는 삶은 이런 것이 아니 야'라고 생각하며 문학의 열망에 휩싸이기도 했으나 일을 멈출 수 없었다. 세속적인 성공에 몰두하는 사이에 내 청춘은 저만큼 달아나고 있었는데도 말이다. 그런데 달리던 기차가 갑자기 멈추 는 사건이 일어났다.

절망의 터널을 지나서

그것은 내 의지와는 무관하게 일어난 일이었다. 공장을 짓고 사업을 확장하는 도중에 기차는 급정거를 했고 20대와 30대의 청춘을 바쳐서 일으킨 사업이 한순간에 무너졌다. 나는 거액의 부도를 냈고, 집과 공장이 경매에 내몰렸다. 어쩌다 이 모양이 되 었을까? 친구 빚보증만 서지 않았더라면, 공장만 짓지 않았더라 면, 아니 무리하게 기계를 들여놓지 않았더라면, 그런 후회가 무 슨 소용이 있으랴.

나는 미련할 정도로 일에 매달렸다. 공장이 경매로 넘어가기 전까지 나는 밤낮을 가리지 않고 일했다. 몇 달 동안 기계를 더 돌린다고 해서 문제가 해결될 것도 아니었다. 그러나 나는 내 의지가 아닌 타의에 의해 사업을 접어야 한다는 사실을 받아들이기 어려웠다.

　그런 어느 날이었다. 나는 죽을 뻔한 고비에 처했다. 당시 내가 운영하던 공장은 '부직포'라는 섬유 제품을 만드는 공장이었다. 그 기계는 폭이 2미터에 길이가 26미터나 되었는데 솜 같은 원사(原絲)를 원료로 투입해서 원단을 만드는 기계였다. 사고가 난 곳은 원사를 투입하는 '카드기'라는 기계로 상어 이빨처럼 생긴 잘디잔 톱니바퀴가 잔뜩 박혀 있는 거대한 원통 기계였다. 원사를 골고루 펴는 데 신경을 쓰다 보니 그 톱니바퀴에 내 잠바 자락이 끼어서 빨려 들어가는 것도 몰랐다. 작업 현장에서는 복장을 단정하게 해야 했는데 나는 그만 잠바를 여미지 않고 있었던 것이었다.

　처음에는 잠바 자락이 휘감기더니 으지직 으지직 나를 끌고 들어갔다. 멈추어라! 멈춰! 나는 기계를 쳐다보고 소리치려 했으나, 소리가 되어 나오지 않았다. 사람 살리라는 소리조차 나오지 않았다. 뿌드둥 뿌드둥 잠바의 쇠단추가 톱니바퀴에, 죠스의 이빨에 씹히는 소리가 났다. 기계에 빨려 들어가는 나를 느끼며 이렇게 죽을 수도 있구나! 생각했다. 하지만 나는 설마하니 네가 나를 삼키겠느냐! 하고 한쪽 팔에 힘을 주고 버티었다. 다행이 맞은편에서 일하던 아주머니가 소리를 질렀다. 마침 공장장이 그 소리

시련은 단지 **터널**일 뿐이다.
앞을 보고 걸어가면 반드시 빛이 보이게 되어 있다.

를 들고 달려와 기계를 멈추었다.

정말 아찔한 순간이었다. 기계는 멈추었으나 톱니바퀴에 씹힌 잠바 때문에 몸을 빼내기도 쉽지 않았다. 가위로 옷을 자르고 기계를 거꾸로 돌려서 현장을 추스르고 옷을 벗어보니 내 어깨며 등짝에는 피 맺힌 톱니바퀴 자국이 선연했다. 만약 30초만 늦게 기계가 멈추어졌더라면, 나는 불구가 되었을 것이다. 1~2분만 늦었더라면, 기계에 빨려 들어가서 뼈도 추리지 못했을 것이다.

그날 나는 공장 사람들과 밤새도록 통음을 했으나 취하지 않았다. 뿌드등 뿌드등 소리가 계속 들렸고, 내 팔이 들어가고, 어깨가 으스러지며, 내가 오렌지처럼 터지고 피가 튀어 오르는 장면이 눈앞에 선연했다. 내 피의 선명한 빛이 파아란 바닥에서 튀어 오르고 있었다. 나는 그날 몽롱한 취기 속에서 샤갈의 색채와 빛을 보았다. 그리고 늦둥이로 낳은 아들의 얼굴이 삼삼하게 떠오르는 거였다. 아들 녀석이 얼굴도 기억 못하는 애비가 될 뻔하다니……

나는 내가 어둡고 절망적인 터널을 지나고 있다는 기분이 들었다. 집에 돌아와 보니 아들 녀석은 아장아장 걸어다니며 두루마리 휴지를 마구 뜯어서 머리 위로 던지며 눈이 내린다고 신이 나 있었다. 녀석은 두루마리 한 통을 온 방 안에 뿌려대고 있었다. 눈을 허옇게 뒤집어 쓴 아이 녀석이라니! 아이가 뿌려대는 눈은 무슨 축복과 같이 느껴졌다.

그날 나는 모든 사업을 접기로 결심했다. 어두운 터널을 지나면 새로운 세상이 펼쳐지리라. 청춘을 바쳐서 일으킨 사업이 무너진 것에 대한 아쉬움보다는 내가 열망하는 삶을 살아가야 한다는 깨달음이 앞섰다. 죽도록 힘든 고비를, 죽음과도 같은 절망의 터널을 지난 자만이 간절히 염원하는 삶을 살 수 있다고 믿기 시작했다.

인생 2막

그러나 달리던 기차가 갑자기 멈추고 내가 튕겨져 내린 곳은 황량하기 이를 데 없는 허허벌판이었다. 연극으로 치면 무대가 완전히 바뀐 2막인 셈이었다. 여전히 주연배우였으나 1막을 실패한 배우였다. 나는 새로운 2막을 꿈꾸면서 나만의 달란트를 생각하지 않을 수 없었다. 나는 내가 간절히 열망하며 가고 싶은 길이 문학이라고 생각했다. 늦었다는 생각은 들었으나 너무 늦었다거나 이루지 못할 꿈은 없다고 생각했다. 나는 다시 책을 손에 들었고 문필업으로 밥을 먹고 살 결심을 굳혔다. 나는 다시 소설을 쓰기 시작했고 쉰을 바라보는 나이에 모 잡지의 소설신인상에 당선

 비록 관객이 없더라도 인생의 2막은 시작된다.
그리고 여전히 주인공은 자기 자신이다.

됐다. 나는 소설 당선소감에서 늦은 출발의 변을 이렇게 밝혔다.

늦게 출발한다는 것은 어떤 의미에서는 좋은 일이다. 더욱이 소설에서는 더욱 그렇다. 별다른 체험 없이 젊은 감수성만으로 반짝 빛나다 사라져간 많은 작가들을 보면, 오히려 생의 여러 면면들을 겪은 후, 보다 깊은 세상을 들여다보는 눈을 가지고 출발하는 것이 나은 일인 성도 싶다. 그러나 오늘 나의 늦은 출발은 내가 일부러 선택한 것은 아니고, 또한 무슨 성공을 보장받은 것은 더욱 아니란 것도 잘 알고 있다. 늦고 빠름이 무슨 문제란 말인가. 작가는 통찰과 관조의 눈을 가지고 새로운 세상을 보여주는 창조적 작품으로써 말하면 그만이다.

나는 몇 년 전부터 전업 작가의 길을 걸으며 그동안의 삶의 방식과 완전히 결별하고 완전히 새로운 삶을 살고 있다. 전 재산을 날려버리고 걷는 전업 작가의 길은 팍팍하고 곤고하고 신산스러운 것이었으나 나만의 일에 몰두하여 치열하게 살 수 있어서 좋았다. 생계와 아이들 교육 때문에 내가 쓰고 싶은 글을 아직 제대로 쓰지 못하고 있지만 '빵 굽는 타자기' 역할만으로도 우선은 만족하고 있다.

몇 년 전부터 내 주위에는 열심히 일만 하다가 갑자기 쓰러지는 친구들이 나왔다. 처음 나는 그런 친구들 때문에 심한 충격을 받았다. 그들은 하나같이 한창 일할 나이였고, 많은 재산과 상당한 지위, 사랑하는 가족들이 있음에도 더 많은 것을 얻으려다 심신의 무리를 감내하지 못하고 먼저 세상을 뜬 것이다.

나와 아주 절친했던 '김 사장'의 경우를 보자. 그는 중소기업을 운영하는, 시쳇말로 잘나가는 사람이었다. 그는 자그마한 체구에 무척 야무지게 생겼고 이재(理財)에도 밝아서, 부모에게 물려받은 재산도 없었지만 자수성가를 하여 상당한 기반을 잡은 친구였다. 하지만 지난날의 내 모습을 보는 것 같아서 안쓰러울 때가 많았다.

그런 그가 48세의 한창 나이에 그만 쓰러지고 말았다. 일명 '과로사'다. 그가 과로사로 쓰러진 데는 그럴 만한 이유가 있다. 그는 직업상 거래선 사람들과 술을 새벽까지 마시는 경우가 많았는데 그렇게 술을 마신 날에도 아침 7시면 어김없이 출근해서 업무를 시작했다. 그의 평균 수면 시간은 4시간이 채 되지 못했을 것이다. 그는 그런 생활을 수 년 동안 계속해왔으므로 그의 심장과 간은 견딜 수 없었던 것이다.

그의 죽음을 보면서 나는 만약 그때 달리던 기차가 멈추지 않았더라면 나도 이미 이 세상 사람이 아닐지 모른다는 생각이 들었다. 그의 죽음은 나에게 삶에 대해서 많은 의문점을 갖게 만들었다.

사람은 때로 어슬렁거리고 다니며 쉬기도 해야 한다.

나는 내 젊은 날의 그때, 기차가 멈추고 인생 제2막이 펼쳐지게 된 것을 너무도 감사하게 여기고 있다. 인생의 목적은 남들이 알아주는 성공에 있는 것이 아니라, 내 마음대로 자유롭게 살고, 행복을 느끼며 사는 데 있는 것이 아닐까? 나는 가진 것이 없기에 가장 가볍고, 이미 손을 펼쳐 놓아버렸기에 '대단한 은혜를 입은 사람'으로 살아갈 수가 있다. 링컨이 한 유명한 말이 있다.

"인간은 자신이 결심한 만큼 행복해진다."

1) 찰스 램 수필집 『정년 퇴직자』 중에 나오는 말

이채윤 작가

시민문학사 주간과 인터넷서점 BOOK365의 CEO를 역임했다. 세계일보 신춘문예에 시가 당선되어 문단에 데뷔하고, 「문학과 창작」에 소설이 당선된 후부터 전업 작가의 길을 걷고 있다. 『이건희처럼 생각하고 정몽구처럼 행동하라』, 『삼성처럼 경영하라』, 『최고의 부자, 록펠러』, 『18세, 네 꿈을 경영하라』, 장편소설 『대조선』, 『주몽』, 『대조영』, 『아버지』, 『하모니』 등이 있다.

잠시 발을 멈추고 하늘을, 당신의 등 뒤를 보십시오

노경실
동화작가

한 남자가 힘없이 고개를 흔들고 있었다

"아니, 자네 벌써 며칠째야? 무슨 일 있는 거야?"

같은 작업반 조원이며, 남자와 같은 빛깔의 작업복을 입은 친구가 물었다.

설레설레.

남자는 이번에도 고개를 저었다. 친구는 얼굴을 찡그렸다. 남자의 고갯짓은 하루 이틀이 아니다.

"어머님이 더 아프신 거야?"

설레설레, 말 없음.

"그럼 와이프한테 무슨 일 있어?"

설레설레, 입 꽉 다물었음.

"그럼 뭐야? 애들이 속 썩여?"

역시 설레설레, 묵묵부답.

"그럼 왜 그러는 거야? 나라와 민족이 걱정돼서 그러는 거야?"

급기야 친구는 소리를 버럭 질렀다. 그러나 남자는 눈 하나 깜짝 하지 않았다. 단지 아주 작은 목소리로 연인에게 말하듯, "힘

때문이야'라고 속삭거렸다.

"힘?"

친구는 손목시계를 들여다보며 물었다. 점심 시간은 다 가버렸다. 곧 작업장으로 들어가야 한다.

"다시 말해봐. 힘이라고?"

친구의 물음에 남자는 고개를 끄덕이며 하늘을 올려봤다.

"이봐. 저 새들 좀 봐. 나보다 백배는 나은 놈들이야."

친구는 얼떨결에 남자의 손끝을 따라 제 주먹보다 작은 참새들을 쳐다보았다.

"갑자기 참새는…… 그리고 힘과 참새가 무슨 관계가 있어?"

친구는 일어섰다.

"이봐. 우리 어머니는 곧 하늘나라로 가실 거야. 평생 고생만 하신 우리 어머니…… 그런데 난 멀거니 보고만 있잖아. 내가 대신 죽겠다고 해도 하나님은 들은 척도 안 하시는 거야. 난 어머니를 살려 낼 아무런 힘이 없어."

"내 참. 난 고등학생이 되기도 전에 부모님이 모두 돌아가셨어. 내 앞에서 부모님 얘기 하지 마. 나 같은 사람도 있는데, 애들처럼 너무 그러지 마. 마음은 아프겠지만 어떡하나……."

친구는 혀를 찼다.

"그것뿐만이 아니야. 집사람이 너무 안됐어. 마트 일이 보통 힘든 게 아닌가 봐. 게다가 어머님 병 시중들지. 난 우리 집사람을 사랑하는데. 여자 하나를 행복하게 해줄 힘도 없단 말이야."

남자의 말에 친구는 자기의 아내를 떠올렸다. 고생하고 있는 아내. 지금쯤 컴컴한 단칸 지하실 방에 쪼그리고 앉아서 프랑스로 수출하는 스타킹에 수를 놓고 있겠지.

"하지만 난 걱정이 또 있단 말이야."

"이번엔 또 뭐야?"

친구는 침을 뱉으며 물었다. 이상하게 입 안이 썼다. '야, 네가 사내냐!' 하며 호통을 치고 싶었으나 꾹 참았다.

"내 아들 때문이야. 병든 할머니 혼자 종일 계시니까 애가 붙어 있지를 않아. 학교에서고 동네에서고 사고가 났다 하면 몽땅 우리 아들이 주인공이야. 그렇다고 종일 학원에 있게 할 경제력도 없으니. 어머니 병원비, 약값으로 우린 아파트도 날아갔잖아. 그 바람에 아들 교육도 완전히 날아간 거야. 아내 행복, 아들 행복, 하나도 나는 해줄 수가 없어. 난 애비 될 힘도 없다고."

마침내 남자의 목소리가 떨렸다. 그때 작업 시작을 알리는 종소리가 요란히 울렸다. 마치 남자가 울음소리를 터뜨리는 것처럼.

"그만 들어가지. 애가 아직 어려서 그래. 우리 애들도 만만찮아. 그리고 우리 어렸을 적을 생각해보라고. 자네나 나도 고향에서 소문난 개구쟁이였잖아. 그래도 지금은 어엿한 가장이면서 괜

찮은 회사의 정식 직원이잖아. 그때 사고 치고 논 거에 비해 이만 하면 성공한 거 아니야?”

친구는 남자의 손목을 잡아끌었다.

“아냐! 난 아무 쓸데없는 인간이야. 아들 될 힘도, 남편 될 힘도, 애비 될 힘도 없는! 누구 한 사람 행복하게 해줄 능력 없는……."

“그래서 뭘 어쩌겠다는 거야? 죽기라고 하겠다는 거야?”

“죽을 힘도 없어. 난……."

“맘대로 해! 나도 겨우 힘내서 살고 있는데, 너까지 왜 그래?”

친구는 가래가 나올 만큼 악다구니를 쓰며, 남자를 버려둔 채 앞서 걸었다. 뒤따라오는 남자의 고개가 다시 흔들렸다.

“아니 이게 웬일이야?”

야간 작업을 끝내고 친구와 같이 포장마차에 들렀던 남자의 두 눈이 휘둥그레졌다.

“왜 그래?”

벌써 소주 두 잔을 마신 친구가 트림을 내뱉으며 물었다.

“여기 좀 봐. 황제그룹 회장이 자살을 했어.”

남자는 볼륨을 죽인 작은 텔레비전을 가리켰다.

“자살? 뭐가 아쉬워서? 혹시 황금에 눌려 죽은 거 아냐?”

친구는 닭똥집을 씹으며 시큰둥하게 물었다.

황제그룹은 우리나라 10대 재벌 중 하나이다. 그리고 박황제 회장은 이름 그대로 황제의 권세를 누리며 살고 있었다.

"아니 댁들은 뉴스도 안 봤어요? 이제 알았어요? 세상이 싫다고 유서에 썼대요. 쯧쯧, 황제가 왜 이 세상을 싫어했을까? 아따 그 황제 죽어봤자 단돈 십 원도 못 갖고 갔겠지. 그럴 바에 나 같은 사람한테 적선 좀 하지. 그럼 눈물이라도 흘려 줄 텐데."

포장마차 주인 아주머니가 뱀장어를 구우며 말했다. 껍질이 벗겨진 채 시뻘건 연탄불 위에서 몸부림치듯 구워지는 뱀장어.

"저 사람은 행복하지 않았나? 저 사람은 그 많은 재산으로 수많은 사람을 행복하게 해 줄 수도 있었을 텐데."

남자는 혼잣말을 했다.

"이봐, 그래도 자네가 힘이 없는 사람이라고 생각할 건가? 자네가 박황제보다 못한 게 뭐가 있나? 황제는 죽었어. 그런데 자네는 살아 있잖아."

친구는 예고도 없이 남자의 왼쪽 무릎을 제 무릎으로 툭 쳤다.

"어이쿠야!"

남자는 애처럼 비명을 질렀다.

"아파? 진짜 아픈 게 뭔지나 알고 비명을 지르는 거야? 엄살 피우지 마, 그리고 앞으로 또 그런 신소리 할 거야? 에잇!"

친구는 두 번째 공격을 해왔다. 하지만 남자는 피하지 않았다.

"좋아, 좋아!"

남자는 오히려 눈물이 나도록 친구가 좋아서, 친구의 두 무릎을 손으로 감싸 쥐었다. 떠나려는 애인 발목 잡듯. 친구는 무릎을 잡힌 채 하늘을 향해 소리쳤다.

"황제는 죽었고, 내 친구는 살아 있다!"

한 여자가 밤길을 걷고 있습니다

밤은 어둡습니다.

너무도 당연한 말이라 웃음이 나는 건 아닐는지요.

그러나 이 어두운 밤, 여자는 손전등 없이도 흔들리지 않고, 비틀거리지 않고 똑바로 걸을 수 있습니다. 이것은 그녀만의 비밀이며, 그녀만의 즐거움입니다. 그녀가 서울 변두리 동네로 이사 온 뒤에 얻은 행운이지요. 가난한 동네의 대명사가 된 이 동네가 도심과 확연히 다른 점은 밤하늘입니다. 하늘이 넓고, 도심에서는 어디인가에 꼭꼭 숨어 있던 별들이 여기에서는 부끄러워하거나, 귀찮아하지 않고 제 모습을 반짝반짝 드러냅니다.

그래서 처음에 여자는 고개를 위로 향하고, 별을 보며 걸었습니다. 하지만 이리 비틀 저리 비틀 몇 걸음 못 가 멈추었지요. 하지만 모든 일이란 게 시행착오를 견디다 보면 저만의 노하우를 터득하는 법. 결국 그녀가 터득한 것은 욕심내지 않기였습니다. 즉, 이 별, 저 별, 하얀 별, 노란 별, 큰 별, 작은 별을 보느라 움직이던 눈동자를 멈추는 것이지요. 그대신 마음에 드는 별 하나를 고른 다음에 그 별과 대화하듯이 그 별 하나에만 시선을 고정시키고 걸으면 되는 거지요.

참으로 놀라워라!

그때부터 여자는 한 걸음도 비틀거리지 않고, 어지럼증 없이 하늘을 올려다보며, 별만 보며 걸을 수 있게 되었습니다.

이렇게 자기만의 별보기 행보를 터득한 여자는 가족에게는 물론 누군가와 길을 걸을 때면 꼭 이 비법을(?) 전수하였습니다. 마치 별보기 행보의 전도사처럼.

"아십니까? 별을 보면서도 흔들리지 않고 똑바로 걷는 방법을?"

그러면 사람들은 신기한 눈으로 여자를 쳐다보았습니다.

"어떻게 하면 그럴 수 있죠?"

그때마다 여자는 제법 심오한 진리를 전하는 사람처럼 목소리를 낮추며 대답해주었지요.

"별 하나에 눈과 마음을 의지한 채 걷는 겁니다. 그럼 똑바로 걸을 수 있습니다. 이것은 마치 우리네 인생사와 같지요. 사랑할 때도 그래야 합니다. 별 하나에 의지하듯이 한 사람에게만 내 마음을 둔 채……."

여자의 말을 듣고, 다시 하늘을 올려다보는 사람들의 눈은 반짝입니다. 그 반짝임이 별빛을 받아서인지, 즐거운 행보법을 알게 되어서인지는 모르지만요.

회사에 안 가는 토요일이지만 여자는 주말마다 하는 아르바이트를 마치자마자 친구의 결혼식에 다녀왔습니다. 오랜만에 만난 학교 친구들과 늦은 시간까지 이야기를 나누었지요. 여자는 이야기를 나누는 동안 내내 마음이 아팠습니다. 몇 몇 친구들이 저들이 원하던 인생길을 걷고 있는 모습 때문이었지요. 기자로, 의사로, 디자이너로, 요리사로…… 그리고 안정된 가정 생활을 하는 주부로서.

또박 또박.

제 구두 소리가 자동차 바퀴 소리와 어울려 너무도 생생하게 들리는 늦은 밤의 귀갓길 속에서 여자는 자기의 꿈을 생각해보았습니다. 아스라이 머나먼 곳에 있는 별들처럼 자신의 꿈도 멀리, 멀리 있는 현실이 서글펐습니다. 또, 제 고집과 오해로 사랑하는 사람과 헤어진 그녀는 갑자기 하늘의 별 하나를 바라보는 것을 잊어버린 듯 흔들렸습니다.

'아, 어리석은 인간이여! 왜 사람은 스스로 아픔과 고통과 혼란을 자초하고 나서야 겸허와 평안과 추스름에 대하여 나름대로 깨닫게 되는지. 사랑하는 사람의 발자국 소리를 영영 들을 수 없게 되어서야 그 사람의 소중함과 나의 연약함을 알게 되었는지. 이뿐인가. 발걸음을 조금만 오른쪽으로, 때로는 왼쪽으로만 돌리면 고통과 혼란의 늪에서 빠져나올 수 있지만 갖가지 핑계를 대 그 늪 속에서 몸과 마음이 만신창이가 되어 겨우 호흡만 하는 처지가 되어서야, 덧없이 시간을 흘려보내고는 내 영혼에 다시는 치유될 수 없을 것 같은 흉한 상처만 깊숙이 패이게 하고서야, 빠져나올 생각을 하는 것인지! 나이가 든다는 것은 이러한 스스로의 어리석음과 오류, 혹은 악행이라 할 수 있는 잘못들이 영원히 삭혀지지 않고 자신을 벌주듯이 계속 반추되는 것이기도 하는 것인지. 아, 그런데 그는 지금 내 곁에 없고, 밤은 여전히 어둡다.'

여자는 눈물이 핑 돌았습니다.

그때, 등 뒤에서 '언니!' 하는 동생의 목소리가 들렸습니다.

"언니, 왜 그래? 나보고는 힘들고 슬플 때마다 별 하나를 보고 똑바로 걸으라고 했잖아. 그런데 뒤에서 보니까 땅에 별이 떨어지지는 않았나 하고, 걸어가는 사람 같아. 언니, 오늘 완전 기분 좋은 거야?"

사막에서 길을 찾을 때는 별을 보고 걷습니다.

결코 그 별에 다가갈 수는 없더라도……

"나? 으음, 오늘 기분 너무 좋다!"

그러면서 여자는 다시 고개를 들었고 밤하늘을 보았습니다. 별들이 서로 자기를 보아달라고 빛을 내고 있었습니다.

"우리 별 보면서 걸어가자. 너는 어떤 별을 볼래? 나는 저 연노란 빛의 별을 볼게. 저기 저 별을!"

여자는 손가락으로 가리키며 말했습니다.

여자와 동생은 서로 손을 잡고 나란히 걸었습니다. 아무 말도 나누지 않는데도 이상하게 여자는 가슴이 벅차올랐습니다.

'저 별이 있고, 아주 늦게나마 그 별을 어떻게 바라보고 걸어야 하는지를 알게 되어 나는 다행히 더 이상 비틀거리지 않고, 여기저기 헤매지 않고 걸을 수 있게 되었어. 이전까지의 숱한 혼란과 쉴 새 없이 부딪쳐서 생긴 상처들이 흉터로 남아 있을지언정! 오직 별 하나를 의지한 채, 어둠을 뚫고 내 안식처를 찾아왔다. 기뻐하라! 하늘이 무너지지 않는 한, 별은 사라지지 않으며, 그 별은 고맙게도 어둠 속에서만 빛난다는 것을!'

동생의 손을 꼬옥 잡고 있는 여자는 오른손에 자기도 모르게 힘을 더했습니다.

"아야! 언니, 아파!"

동생은 얼굴을 찡그리면서도 언니의 손을 놓지 않았습니다.

'공주는 왕자와 결혼하여 행복하게 살았습니다.'

예전의 신화와 전설, 동화와 이야기들은 거의 이런 식으로 맺음했습니다. 오죽하면 왕자와 결혼 못한, 사랑을 나누지 못한 인어공주는 비운의 주인공이 되었겠습니까. 이 전통은 21세기가 되어서도 이어지고 있는 듯합니다. 전 세계에 생중계 된 영국 왕자의 결혼식, 모나코의 공주들, 스페인의 왕가, 일본의 왕세자비 등등 아직도 공주와 왕자들의 '행복한 이야기'는 우리들을 가슴 설레게 합니다. 그리하여 공주가 되고 싶은 사람들은 얼굴을 다시 만들고, 왕자가 되고 싶은 남자들은 금고를 채웁니다. 그들의 피눈물 나는 애씀과 노력의 결말은 '한 방에 행복해짐'이라는 타이틀입니다.

정직, 성실, 순결, 지혜와 교양, 섬김과 헌신, 존경심과 서로를 불쌍히 여기는 마음, 인내와 한 단계씩 이루어가는 미덕으로 이루어진 행복은 이제 사람들에게 쓸데없고 거추장스러운 것으로 여겨지고 있습니다. 그래서 모두들 급하게 뛰어갑니다. '행복할 수만 있다면' 그리고 이왕이면 '단번에 행복해진다면' 사람들은 그림자를 팔듯이 영혼도 아낌없이 내주려는 모양입니다. 백화점이나 명품관에서 살 수 있을 거라고 믿고 한도 무한정의 신용카드를 들고 달려갑니다. 공주와 왕자를 만나러 갑니다!

한 가정의 아버지인 그 남자와 여동생과 밤길을 걷는 그 여자를 지나쳐 갑니다. 그런데 뛰어가는 그 무리들의 등 뒤에 무언가 쏟아져 내립니다.

"행복이다!"

그 남자와 그 여자가 소리칩니다.

그래도 왕자와 공주를 향해 달려가는 무리들은 멈추지 않고 뛰어갑니다.

"저기 행복이 있다!" 라고 외치면서요.

노경실 동화작가

1958년 서울에서 태어나 서울예술대학 문예창작과를 졸업했다. 1982년 중앙일보, 소년중앙문학상에 동화 〈누나의 까만 십자가〉가 당선됐고 1992년 한국일보 신춘문예 소설부문 〈오목렌즈〉가 당선됐다. 동화작가이자 소설가로 활동하고 있으며, 현재 한국작가회의 부이사장과 국립중앙도서관 소리책나눔터 부위원장을 맡고 있다.

행복을
파는 여자

방귀희
방송작가

나, 걸어다니는 사람이야

어렸을 때는 항상 식구들이 버글거렸다. 명절이나 아버지 생일날에는 친척들이 다 몰려와서 사람에 치였다. 작은 방에 겹겹이 둘러앉아 떡 한 쪽을 나눠 먹으면서도 뭐가 그리도 즐거웠던지 웃음소리가 끊이지 않았다.

지금은 방도 넓고 먹을 것도 많아졌는데 사람이 없다. 아버지, 엄마 차례로 돌아가시고 형제들은 외국에, 지방에 각각 흩어져 산다. 명절이 돼도 서로 만날 수가 없다. 나에게 가족은 가족 이상의 의미가 있었다. 씻고, 머리 빗고, 밥 먹고, 대소변 보고 하는 모든 일상 생활을 형제들이 한 가지씩 나눠서 해주었기 때문에 어린 시절 나는 장애 때문에 크게 불편한 줄 몰랐다. 오빠, 언니들은 당연히 나를 돌봐주기 위해 태어난 존재인 양 생각했다.

그래서 나는 그들에게 늘 명령했고 마음에 들지 않으면 그 자리에서 징벌 조치를 취했다. 첫 번째 징벌은 엄마한테 일러서 꾸중을 듣게 하는 것이고, 그것이 별 효과가 없을 때는 두 번째 단계로 아버지에게 고해 몽둥이로 다스리게 하는 방법이었다. 우리

꼭 장애를 극복한 것이 아니라도
올바른 행동은 자랑할 만한 일이다.

형제들은 막내가 중증의 장애를 갖게 된 후 그렇게 시녀처럼 살았지만 한 번도 저항하지 않았다. 나는 우리 집안의 제왕이었다.

그런 좋은 시절을 보내고 지금은 중국 할머니가 씻기고 옷 입히고 밥 차려주는 일을 한다. 중국 할머니는 그런 일을 할 때마다 생색을 낸다. 보수를 받고 일을 한다는 생각을 전혀 하지 않고 장애인이 자기에게 의지해서 산다고 믿고 있다. 처음에는 그런 태도가 못마땅하고 바로 잡아줘야겠다고 생각했지만 할머니의 그런 태도는 중국 연변 사람들이 갖고 있는 의식 수준 때문이란 것을 알았다.

할머니가 내 앞에서 자랑하는 것이 하나 있는데 그것은 바로 자기는 걸어 다니는 사람이란 사실이다. 일요일이라 늦잠을 자고 싶은데 밥을 빨리 차려놓고 식사를 독촉하기에 배고프지 않다고 하면 이렇게 말한다. "나는 걸어 다녀서 소화가 금방 돼요. 걷지 못하니까 소화를 못 시키는 거예요."

옷을 입히면서 늘 똑같이 반복하는 말은 "이런 옷은 걸어 다니는 사람이 입어야 어울려요"라는 것이다. 할머니가 자신의 자존심을 지키기 위해 내미는 카드가 바로 걸어 다니는 사람이다.

할머니는 그 말을 "나, 이대 나온 여자야"로 사용한다. 얼마나 자랑할 것이 없으면 걸어 다니는 것을 저토록 당당히 부르짖을까 싶어서 이제는 재미있게 듣고 있다. 그 말을 할 때 할머니는 가장 행복한 표정을 짓는다. 월급을 받을 때보다 더 행복해한다. 그 행복은 내가 아니면 줄 수 없는 것이기에 나는 정말 하찮은 일로 사람들을 행복하게 만드는 재주가 있다고 자부하게 된다.

그런데 사실 걸어 다니는 것은 자랑할 만한 일이다. 사람들은 그 사실을 모르기 때문에 행복을 조금 깎아내고 말았다. 지금부터라도 걸어 다니는 것에 고마움과 행복을 느끼시길⋯⋯.

부인을 안심시키는 여자

이런 저런 일로 술자리가 많다. 취기가 올라와 한참 기분이 좋아지고 있을 때쯤 어김없이 휴대전화 벨소리가 울린다. 놀란 토끼처럼 눈동자를 요리조리 굴리며 남자가 전화를 받는다.

"어, 회식 끝나고 2차로 맥주 한잔하고 있어. 뭐라고? 여자 소리가 난다고? 여자가 어딨어."

아마 부인이 여자 소리를 문제 삼는 모양이다.

"아, 아, 방귀희. 방귀희야. 당신도 알지. 내가 말했었잖아."

방귀희란 말에 여자가 안심하고 전화를 끊었다. 여자는 왜 안심을 했을까? 그것은 내가 휠체어를 탄 장애인이기 때문이다. 그 여자는 장애가 있는 여자는 여자가 아니라는 판단을 한 것이고 자기 남편이 흑심을 품을 대상도 아니라고 자신감을 갖고 있는 것이다.

그 여자의 태도 못지 않게 그 남자의 태도도 문제다. 그 자리에는 나 말고도 다른 여자가 있었건만 내 이름을 댄 것은 그래야 자기 부인이 의심을 하지 않을 것이라고 판단한 것이다.

여성 장애인을 성적인 존재로 생각하지 않는 것이 우리 사회이다.

한 유명한 여류 수필가가 인터뷰 기사를 쓰기 위해 나를 찾아온 적이 있었다. 그녀는 아주 조심스럽게 물었다 "이런 질문이 어떨지 모르지만 방귀희 씨도 사랑의 경험이 있나요?"

우리 사회 지성인이란 사람도 장애인은 비장애인과 다르다는 생각을 갖고 있다. 난 그 분에게 실망했다기보다는 지성인도 별반 다를 것이 없다는 사실에 무척 실망했다.

"그럼요. 사랑은 본능인데요. 지금도 사랑해요."

여자들 몇 명이 만나 남자 배우 얘기를 할 때도 은연중에 사람들은 내가 자기들이 좋아하는 남자 배우를 좋아한다는 사실을 이상하게 생각한다.

"너두 현빈 좋아해?"

여성 장애인은 보통의 여자들이 갖고 있는 이상형과 다를 것이란 생각을 하는 것이다.

그래서 나는 그런 대화에 더 열을 올린다. 내가 대화에 끼어들어 호들갑을 떨지 않으면 나는, 아니 여성장애인은 남자에게 관심이 없다는 편견을 더 굳히기 때문이다.

이런 편견 때문에 언제부터인가 나도 표현이 과감해졌다. 우연히 문단 사람들과 동석을 하게 됐다. 나이가 지긋한 남자 시인이 거나하게 취해서 나에게 물었다.

"섹스는 돼냐?"

그 시끄러운 술집에 일순간 정적이 흘렀다. 술이 덜 취한 사람들이 너무 미안해서 어쩔 줄 몰라했다. 나는 승부차기를 하는 키커가 된 기분이었다. 이 위기를 슬기롭게 넘겨 여성 장애인이 보통의 여자들과 다르지 않다는 것을 증명해보여야 하기 때문이다.

"헐쳐!"

난 보기 좋게 승부차기를 성공시켰다. 맥주 잔을 부딪히며 브라보를 외쳤다. 그날 이후 한동안 내 별명이 헐쳐!였다.

하지만 지금은 그때의 오기가 많이 누그러들었다. 직장에서 시달리고 집에 가면 부인에게 또 들볶이는 우리나라 중년 남성에게 내가 그들의 부인을 안심시켜주는 역할을 할 수 있다면 그것도 큰일이란 생각이 든다.

부인을 안심시키는 여자, 그것이 내가 가장 잘할 수 있는 일이다.

가방 지켜주는 여자

초등학교 고학년부터 고등학교 졸업할 때까지 나는 가방 지키는 아이였다. 체육 시간에 운동장에 나가지 못하는 나는 늘 텅 빈 교실에 혼자 남아 있었다. 아이들은 체육복을 갈아입으며 한마디씩 했다.

"귀희, 너는 좋겠다."

아이들은 진정 나를 부러워했다. 뙤약볕에서 운동을 하는 것이 괴로웠던 것이다.

하지만 난 그런 아이들이 부러웠다.

"내 가방 잘 지켜줘"라며 가방을 아예 내 책상 위에 갖다 놓고 가는 아이들도 있었다.

아이들이 나간 지 30분 정도가 지나면 길고 두꺼운 몽둥이를 든 생활지도부 선생님이 순시를 한다. 난 선생님 눈에 띄지 않으려고 몸을 잔뜩 웅그리고 숨을 죽인다.

"넌 뭐야?" 선생님의 커렁커렁한 목소리가 교실 안의 적막을 난타한다.

"가방 지키고 있는데요." 선생님의 목소리와는 정반대의 작고 자신감 없고 비굴함까지 묻어 있는 내 목소리가 나를 초라하게 만들었다.

난 그때 왜 내가 장애인임을 당당하게 밝히지 못했는지 모르겠다. 사춘기 시절 장애인이라서 체육 수업을 받으러 운동장에 나가지 못하는 것이 너무도 고통스러운 낙인이라 가방 지키고 있는 아이로 봐주길 원했었다.

그런데 가방 지키기는 대학생 때도 지금도 계속되고 있다. 대학 다닐 때 친구들과 고고장을 찾으면 친구들은 중·고등학교 체육 시간처럼 나한테 말한다. "우리 나갔다 올 테니까 가방 좀 봐줘"라고 말이다.

얼마 전에 이런 일이 있었다. 정말 모처럼 친구들과 클럽에 갔었다. 공간이 좁아 휠체어에 앉아 있을 수가 없어 의자에 옮겨 앉았다. 역시 친구들은 가방을 내게 맡기고 나갔다.

그때 갑자기 내 손을 확 낚아채는 손길이 있었다. "나가요"라며 낯선 남자가 말을 걸었다.

"안 돼요."

"왜요? 여기까지 와서 왜 자리 지키고 있어요?"

"글쎄, 안 돼요."

"글쎄, 왜 안 된다는 거예요?"

"가방 지켜야 해요. 모두 명품이라."

나이 50이 넘었는데도 난 역시 내가 장애인이라서 나갈 수 없다는 얘기 대신 가방 지켜야 한다고 했다. 그건 장애인이라는 것이 부끄러워서가 아니라 내가 장애인이라고 말하면 "으응, 장애인이었구나" 하며 재수 없다는 듯이 돌아서는 모습을 보고 싶지 않았기 때문이다.

난 아마 할머니가 돼도 우리 친구들에겐 가방 지켜주는 역할을 계속해야 할 것 같다. 내 덕분에 우리 반은 체육 시간에 종종 발생하는 절도 사건이 없었다. 내 덕분에 친구들은 음식점에서 가방을 두고 화장실도 가고, 클럽에 가도 가방 걱정하지 않고 편안히 놀 수 있다.

이 정도면 장애인 친구도 꼭 필요하지 않겠는가?

인생을 파는 여자

가끔 강의 요청이나 원고 청탁이 온다. 내 인생 얘기를 해달라고 한다. 과연 내 인생 얘기가 그렇게 특별하고 정말 성공적이었는지를 반문해본다. 나는 그저 열심히 살았을 뿐인데 내 인생이 상품성이 있다는 것이 의아했다.

내 인생 얘기를 간추려 말하라고 하면, 한 살 때 소아마비에 걸려 두 다리와 두 팔이 불편한 장애를 갖게 됐고 그런 중증의 장애

속에서 일반 학교를 다녔다. 무학여고를 수석 입학했고 동국대학교를 수석으로 졸업했다. 휠체어를 타고 대학을 수석으로 졸업한 것이 처음이라 언론에 소개가 됐고 그 인연으로 방송작가가 돼 30년 동안 KBS에서 일하고 있다. 우리나라 최초의 장애인 문예지 「솟대문학」을 창간해 20년 동안 결간 없이 발간해오며 장애인 문학을 발전시켜 왔다.

방송 경력 덕분에 대학에서 '구성작가실기론' 강의를 하고 「솟대문학」 덕분에 장애인을 위해 큰일을 했다는 칭찬을 듣기도 한다.

내 젊은 시절은 장애가 내 인생의 족쇄가 됐다. 당시는 대학의 문도 좁아 장애인이 대학 교육을 받기 어려운 시기였다.

그래도 포기하지 않고 나를 받아주는 대학을 구걸하다시피 찾아 다니다가 동국대학교에 가게 됐고 어렵게 들어간 대학이라 학점 관리를 열심히 했던 것이 '수석 졸업'이란 성과로 나타났다. 그리고 수석 졸업이 나를 언론에서 찾게 했고 방송에 나가서도 그 시간에 충실했던 것이 방송을 잘한다는 평가를 받아 〈방귀희 칼럼〉이란 고정 코너를 신설해 방송에 발을 들여놓게 됐다.

생각해보면 운이 좋았는데 다시 생각해보면 그 운은 내가 만든 것이다. 장애가 씻을 수 없는 낙인이지만 장애 때문에 얻은 프리미엄도 많다. 만약 내 인생에서 장애를 빼고 나면 난 그저 아주 평범한 여자였을 것이다. 물론 평범한 여자가 행복하지 않다는 것이 아니라 평범했다면 내 인생은 상품성이 없어 내 인생을 팔지 못했을 것이다.

난 앞으로 내 인생만 열심히 팔며 살 것이다. 방귀희 인생 상품은 시간이 지나면 더 추가되지 줄어들지는 않을 텐데 그렇다면 나는 정말 많은 것을 팔 수 있을 것이다.

내가 파는 것은 내 인생이지만 사람들이 사는 것은 행복이다. '저 몸으로 저렇게 살았는데 내가 뭐가 부족해? 난 저 여자보다 더 잘할 수 있어' 라며 마음을 고쳐 먹을 테니 말이다.

나한테 행복을 산 사람들은 마음이 편안해질 것이다. 자기보다 잘나서 성공한 사람들에게 생기는 반감은 적어도 생기지 않을 테니 말이다.

나는 행복을 파는 여자라는 것이 정말 행복하다.

나는 만학도이다

동국대학교에 입학해서 교양과목으로 국어를 수강했다. 강의실 맨 앞자리가 내 자리였다. 미당 서정주 선생님이 한복 차림으로 강의를 하러 들어오셨다. 교과서에 실린 분을 직접 만났다는 사실에 흥분이 됐는데 서정주 선생님이 나에게 말을 시키셨다.

"자네는 어느 고등학교 출신인가?" 그 당시는 출신 고등학교를 묻는 것이 아주 일상적인 질문이었다.

"무학이요."

"음 학교를 안 다녔구먼. 장하네."

나는 무학여자고등학교를 줄여서 무학이라고 한 것인데 선생님께서는 無學으로 생각하셨던 것이다. 나는 너무 떨려서 선생님의 오해를 풀어드리지 못했다. 아마 그때 수업을 같이 들은 수강생 모두 내가 검정고시 출신이라고 생각했을 것이다. 나는 초등학교 6년, 중·고등학교 6년 그러니까 12년을 그야말로 비가 오나 눈이 오나 엄마 등에 업혀 힘들게 등하교를 하며 일반 교육 과정을 정상적으로 마쳤는데 한순간에 학력이 없는 사람이 되고 말았다.

대학교를 마치고 대학원에 진학했다. 공부를 계속해서 학교에 남겠다는 계산에서였다. 하지만 나는 박사 과정에서 8번이나 낙방을 했다. 수석을 한 내가 박사 과정에서 한두 번도 아니고 8번이나 고배를 마신 것에 대해 그 이유를 굳이 장애와 연결하지 않으려고 했다.

당시 나는 이미 방송 일을 하고 있었기 때문에 준비 부족이라고 믿었다.

그러면서 학교와 멀어졌다. 학문은 내 길이 아니란 생각이 들

경험이란 밑천을 들이지 않고도

계속 추가되는 상품이다.

었다. 그러다 마흔 살이 되었을 때 '사회복지'를 전공하기 위해 모 대학교 대학원에 응시를 했다. 면접을 보는데 교수가 내게 물었다.

"걸을 수 있죠?"

"걸을 수 있으면 왜 휠체어를 타고 왔겠어요?" 나도 모르게 이렇게 쏘아붙이듯이 대답했다. 결과는 낙방이었다. 다시는 학교 근처에 가지 않으리라고 다짐했다. 신문에서 나이 60세에 학사모를 쓴 할머니 기사를 보며 만학은 만용이라고 생각했다. 공부는 제 나이에 해야 학벌을 써먹지 다 늙어서 받은 학위는 활용 가치가 없기 때문에 나이 들어 공부에 투자하는 것이 이해가 되지 않았다.

그런데 내가 바로 그 만학도가 됐다. 52세에 숭실대학교 사회복지대학원에 입학해서 지금 박사 과정 공부를 하고 있다. 8번 낙방한 박사 과정을 드디어 지금 하고 있는 것이다. 학교 공부가 힘들어도 수업 시간이 즐겁다. 모르는 것을 배워 알아가는 과정이 나에게 기쁨을 준다. 여행을 한들 이만큼 즐거울까 명품 옷을 입은들 이 정도로 신이 날까 싶다.

열심히 공부해서 60세가 되기 전에 박사학위를 받게 되면 난 그때 이렇게 말할 것이다.

"만학은 행복의 원천입니다. 그리고 희망의 보증 수표죠. 난 지금 희망을 키우고 있습니다. 연구하고 싶은 것도 많고, 직업이 아니라 진정한 스승으로서 학생들을 가르칠 자신이 있습니다. 인생은 깁니다. 이제 나는 새로운 인생을 시작하려 합니다."

내가 팔 수 있는 행복이 하나 더 추가될 것이다. 이렇게 팔 수 있는 행복이 많아지면 본격적으로 행복을 파는 가게를 내야겠다.

그래서 불행하다고 생각하는 사람들이 우리 가게를 찾아와서 행복을 사갈 수 있게 하고 싶다. 할 일이 또 생겼다. 갑자기 생기가 난다. 행복을 파는 여자는 늘 행복해야 하기에 난 행복해야 할 의무가 있다. 의무는 권리와 동반하기에 나는 행복해질 권리가 있다. 행복해질 권리와 의무가 있는 여자, 나만큼 멋진 여자가 있을까?

방귀희 방송작가

1957년 서울에서 태어나 돌 때 소아마비가 발병하였다. 1981년 방송작가로 입문해서 KBS, EBS, BBS, BTN, 복지TV 등에서 다수 프로그램을 집필하거나 방송을 진행하고 있다. 1991년 봄에 우리나라 유일의 장애인 문예지 「솟대문학」을 창간해서 현재까지 결간 없이 발행해오고 있다.

소설 『샴사랑』, 교재 『장애인복지의 이해』 등 22권의 작품이 있다. 1996년 장애인의 날 국민훈장 석류장을 수훈하기도 했으며, 2006년 한국방송작가상, 2007 한국여성지도자상을 수상했다. 경희대학교 국어국문학과 겸임교수로 강단에 서고 있다.

행복의
또 다른
얼굴

서정윤

시인

♥ 　　　　　　내가 근무하는 학교에서 교직원
의 건강을 위해 헬스클럽을 만들었다. 아니 새로 만들었다기보다
씨름부 학생들을 위해 만든 것을 교직원에게도 개방하게 되었다.
가까운 선생님들과 같이 가서 한 시간 정도 즐겁게 운동을 하는
것이 또 하나의 즐거움이었다. 그러다가 어느 날 고속도로를 달
리다가 교통사고를 당했고 또 목을 다쳐서 치료하러 다니다 보니
한 달 정도 운동을 못하게 되었다. 운동을 억지로 하는 단계를 지
나 운동하는 것에서 즐거움을 찾던 바로 그때에 일어난 교통사고
라 아쉬움이 있어야 하는 것이 당연하겠으나 물리 치료와 침과
뜸으로 이어지는 치료를 연속으로 받다 보니 아쉬워할 겨를도 없
이 한 달이 지나버렸다.

그리고 새로 단장한 차를 받고 어느 정도 생활에 안정을 찾아
가면서 다시 운동을 해야겠다는 생각을 하고는 헬스클럽을 찾았
다. 그곳에는 여전히 몇 명의 선생님이 가볍게 몸을 풀고 있었다.
나도 함께 섞여서 이야기를 나누며 기구 앞에 앉았다. 학교에서
의 일이라 가볍게 생각하고 몸을 풀지도 않고 앉은 것이다. 여러
가지 기구를 마주하고 앉아 다치기 전에 하던 무게를 들기 시작

했다. 심지어는 운동부 학생들이 올려놓은 무게를 내리지도 않고 그냥 그것을 들려고 힘을 줘서 움찔움찔거렸다.

그리고 며칠이 지났다.

천천히 왼쪽 어깨가 아파 왔다. '아, 이것이 오십견이구나' 라는 생각이 들었다. 여전히 운동을 계속하면서 스트레칭 위주로 아령을 들었다 내렸다를 반복했다. 그런데 통증은 점점 심해졌다. 결국은 팔을 잘 쓸 수 없을 지경이 된 것이다.

그래서 교통사고를 당했을 때 다녔던 한의원에 가서 통증을 호소했더니 침과 뜸을 해보자고 했다.

아픈 곳은 어깨의 안쪽 그러니까 연골 부위가 아픈데 피부에 침을 찌르고 뜸을 뜨곤 하는 것이 무슨 효과가 있을까 싶었다. 내색하지 않고 몇 번 다녀 봤지만 별 차도가 없었다. 그러던 차에 나에게 시를 배우는 아줌마 제자가 전문 병원이 있다는 말을 해줬다. 손이면 손, 무릎이면 무릎, 어깨면 어깨 이렇게 특정 부위를 전문으로 치료하는 의사들이 모여 차린 병원이 있으니 한번 가보라는 것이었다. 요즈음은 이렇게 특화된 병원들이 호황을 누리고 있다는 말도 덧붙였다. 지푸라기라도 잡는다는 심정으로 병원에 가서 이름을 들이밀었다. 아니나 다를까 인산인해였다. 손과 발이 아픈 사람이 어떻게 이다지도 많을까 싶었다.

순번표를 나누어 주는 간호사가 1시간 20분쯤 기다려야 한다고 말한다.

그냥 대기실 의자에 앉아 아무런 의미 없이 TV에 눈을 맞췄다. 마침 가족의 따뜻한 이야기를 엮은 다큐멘터리가 방영되고 있었다. 40대 초중반 여성에 초점을 맞춘 프로그램이었다.

다큐멘터리에 등장하는 여성은 최근 2년 만에 시력을 모두 잃었다. 그래서 남편이 손을 잡아줘야 동네 약수터도 갈 수 있었다.

그러니 집안일이 온통 엉망이 되어 있었다. 아니, 집안일은 차라리 어떻게 더듬더듬해서 해 나가는데 밖으로 나갈 때가 더 문제였다. 남편 없이 혼자 나가면 담벼락을 더듬으며 걸어야 하는데 바닥에 놓인 쓰레기봉지나 연탄재에 걸려 넘어지기도 하고 골목길을 빨리 달려오는 자전거에 부딪히기도 하면서 작은 일거리(인형에 눈을 붙이거나, 목장갑에 연결되어 있는 실을 자르는 일)를 한 결과물을 가져다 주러 가는 것이다.

남편은 그것을 못하게 하지만 여성은 그 일을 하지 않으면 아이들 반찬값은 누가 마련하느냐고 하였다. 그렇게 또 한번의 다툼이 있었다. 일주일 꼬박 일을 해서 번 돈은 만이천 원 정도, 그것도 요즈음은 일감이 부족해서 7~8천 원 정도밖에 못 벌었다. 단칸방에서 네 식구가 함께 그런 삶을 살아가고 있다. 보증금 100만 원에 월 20만 원을 주는 방은 욕실이 없어서 샤워를 하거나 머리를 감을 때는 부엌에서 해야만 했다.

중학생이 된 딸은 사춘기가 되어서 부쩍 말이 없어지고 초등학교 4학년인 아들만 철없이 즐겁다.

남편은 아내의 말이 맞다는 것을 안다. 하지만 앞을 보지 못하는 아내가 길에서 차나 자전거에라도 부딪혀 다치면 더욱 어려워질 것을 아니까 하지 말라고 한 것인데, 결국은 자기가 많이 벌지 못해서 그런 것이라는 자책감에 빠진다. 남편은 어린 시절부터 부모가 누군지도 모르고 고아원에서 아무렇게나 버려진 채로 자라 왔기에 할 수 있는 것은 아무것도 없어 몸으로 하는 일로 겨우 먹고살려니 힘들었다.

그래도 어렵게 막노동을 하여 모은 돈으로 결혼을 하고 작은 건재상 하나 내어 어느 정도 먹고살 만해졌다.

그런데 요즈음 들어 자꾸만 일감이 줄어들어 일하는 날보다 일 없이 그저 가게나 지키는 날이 훨씬 많아졌다. 새로운 일을 시작하려 해도 그렇게 할 수 없는 처지가 된 것이다. 그러다가 생각해 낸 것이 가게를 옮기는 것이었다. 조금 더 외곽지로 나가면 새로 신축하는 건물이 많을 것이고 또 낡은 건물에서 보일러 등을 고쳐달라고 하는 일감이 있을 것이라는 기대감으로 옮기려는 것이다.

그런데 결국 돈이 문제였다.

어렵고 힘들 때 서로 기댈 수 있는 것만으로
행복은 찾아온다.

지금 살고 있는 반 지하 단칸방에서 월세를 올려 달라고 주인이 닦달을 하는데 가게부터 옮길 여력이 없었다. 먼저, 방을 옮기기로 했다. 우선 월세가 들어가지 않는 방을 구하려고 여기저기 돌아다녔다.

이틀이나 발품을 팔아 얻은 방이 옥탑방이었다. 지금의 보증금이면 충분했고 또 월세가 들어가지 않으니 그만해도 한숨을 쉴 수 있다고 부부는 서로 위로했다. 또 방이 2칸이니 아이들에게 방을 하나 줄 수 있어 좋았다.

여인은 남편에게 "지하방에서 가장 아쉬운 게 햇빛을 볼 수 없는 것이었는데 이제 옥상에 방이 있으니 햇볕을 마음대로 쬘 수 있어 좋아요"라는 말로 남편을 즐겁게 해주었다. 이 부분에서 나는 눈이 흥건해졌다. 그렇게 집을 옥탑방으로 옮기고 일주일 만에 보일러를 새로 달아준 집에서 또 다른 공사를 해달라고 의뢰가 들어왔다. 하루 종일 모래와 시멘트를 비벼서 힘든 일을 하고 집에 들어왔다.

여인은 아직 조금 남은 시력으로 딸에게 요리하는 법을 가르치려고 애쓴다. 중학교 1학년인 딸애는 이제 제법 찌개를 끓이고 나물을 무친다.

겨우 몇 가지 반찬을 마련한 밥상. 함께 둘러앉아 같이 밥을 먹는 저녁은 행복했다. 그들에게는 고기 반찬이 아니라 함께하는 식사 시간이라는 것만으로 행복한 것이었다. 그렇게 유쾌한 웃음과 함께한 식사 시간이 지나고 설거지는 딸애와 아들이 함께한다고 난리다. 여인은 남편의 어깨에 파스를 붙여준다. 그러다가 종일 삽질에 굳은 어깨 근육을 풀어주기 위해 안마를 하기 시작한다. 남편은 엎드려서 아내의 손길을 그윽한 눈길로 느낀다. 여인은 점차 힘에 부치는지 남편의 등 위에 엎드리며 장난을 치기 시작했다. 그 사이에 설거지를 마친 딸애가 와서 그 위에 겹쳐 엎드리고 또 아들이 그 위에 올라 눕는다. 그러면서 넘쳐나는 웃음소리가 화면 가득 번져 나온다. 그 사이 웃음소리가 점점 작아지면서 화면이 아웃되는 것이었다.

눈물이 흘러내리고 있었다. 그때 뒤에 앉은 한 아주머니가 "저게 바로 행복 아닌가?" 하고 말하는 것이었다. 그렇다. 가까운 사람이 함께할 수 있는 것이 바로 행복이다. 그들에게 물질적인 것은 아무 문제도 되지 않는다. 물질적으로 풍요로우면 편리함은 있을 것이다. 하지만 그것 때문에 잃어버리는 것은 생각하지 않는 것이 오늘을 살아가는 사람들의 현실이다.

하나를 얻으면 하나를 잃는다. 둘을 잃으면 둘을 얻는다. 신은 그렇게 공평한 것이다.

지금 내가 가진 것으로 행복하다고 말할 수 있어야 한다. 남을

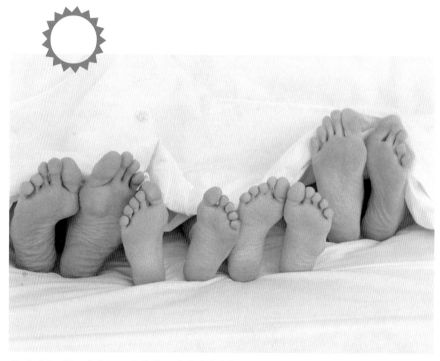

함께 잠을 자는 것이 누군가에게는 가난이겠지만
느낄 줄 아는 자에게는 행복이다.

불행으로 몰아넣고 많이 가지려고 하는 사람은 결국 고통을 더 많이 가지게 된 것이다.

그런 생각을 하는 사이에 내 이름을 불러서 들어갔다. 오십견이 아니라 갑자기 운동을 격렬하게 해서 온 근막염이란다. 그리고는 한 달 이상 치료를 해야 한다고 말을 하면서 약으로 치료하는 것 이상으로 스트레칭을 해야 한단다.

뭔가 얻으려면 노력해야 하나 보다. 노력 없이 얻어지는 건 물거품처럼 금방 사라지기 마련이니까.

서정윤 시인

대구에서 출생하여 영남대 국문과를 졸업하였다. 「현대문학」에 시 〈서녘바다〉, 〈성(城)〉 등이 추천되어 문단에 등단하였다. 시집 『홀로서기』와 그 외 다수의 시집과 수필집 『내가 만난 어린왕자』 등을 발간했다. 2010년 현재 대구의 영신중학교 국어교사로 재임 중이다.

행복의
틈새

엄 광 용

소설가, 동화작가

밤새 살짝 봄비가 내린 뒤 물기 묻은 나뭇가지에 어른거리는 아침 햇살이 싱그럽다. 그 가지 끄트머리에서 막 피어나는 참새 혓바닥 같은 연녹색 이파리를 나는 좋아한다. 어디선가 새 울음소리가 들리는 듯한데, 그것이 혹 나무 이파리의 새순이 조잘거리는 소리일지도 모른다는 생각을 하며 나는 혼자서 마냥 즐겁다.

비록 잠깐 동안이지만 나는 그 순간 세상살이 모든 것을 잊고 행복감에 젖곤 한다. 먹고사는 일에 매달려 정신없이 앞만 바라보며 내달리던 세상에서 조금은 비켜 앉은 나이, 가끔 옆도 돌아보고 먼산바라기도 할 수 있는 여유를 가질 때쯤 되어서야 그런 자연의 신비로움이 내 눈에 들어온다.

물론 그러한 행복감은 잠시 잠깐에 불과하다. 곧 일상으로 돌아오면 마음은 극히 불안해지고, 미래에 대한 불확실성이 나를 괴롭힌다. 그런 불안과 불확실성의 혼돈 속에서 '나는 행복한가?' 질문을 던져본다. '아니다' 라는 말이 바로 내 목울대까지 넘어오다 걸린다. 결코 행복하지 않다는 답변이 욕구불만처럼 튀어나오려고 하는 것이다.

일상의 번뇌 속에서 하루 동안 행복하다는 느낌보다 불행하다는 느낌이 더 많이 내 마음자리를 차지하고 있음을 부정하지 못한다. 그런 생각을 하면 그저 공허할 따름이다. 내 마음속에 행복의 틈새가 그렇게도 없는지 한심스럽기까지 하다.

그렇게 나는 하루에도 몇 번씩 행복과 불행의 마음자리를 오가며 하릴없이 보낼 때가 많다. 마치 손바닥을 뒤집듯이 행복과 불행을 반복적으로 답습하며 살아가는 내 인생이 어쩌면 쓸쓸하다는 생각도 든다. 주로 내가 손바닥 안에 쥐는 것은 불행이고, 손등에 잠시 얹혔다가 스르르 미끄러져 내리는 것은 행복이 아닐까 생각해 본다.

어떻게 사는 것이 과연 행복한 삶인가에 대해 가끔 생각해 볼 때가 있다. 그런 마음의 틈새를 비집고 떠오르는 이야기가 있다. 내가 언젠가 썼던 전래 동화인데, '꿀잠 자는 짚신 장수'에 관한 우화 한 토막이다.

옛날 혼자 사는 짚신장수가 있었는데, 배불리 밥을 먹고 나면 난전 바닥에 벌렁 드러누워 배꼽을 다 들어낸 채 꿀잠을 잔다. 어찌나 달게 잠을 자는지 정신 모르고 코까지 드르렁드르렁 끓았다. 때론 콧물이 풍선처럼 두 콧구멍으로 들락날락할 때도 있다.

때마침 지나가던 부자 영감이 그걸 보고 발을 멈추었다. 하루에 두세 시간도 잠을 자지 못해 늘 피곤해하던 영감은 짚신 장수

잠이 오지 않을 만큼의 걱정과 고통이 없다는 것.
그것이 바로 행복임을 아이들은 본능적으로
깨닫고 있는 듯하다.

가 그렇게 부러울 수가 없었다.

그래서 부자 영감은 일부러 곤히 잠든 짚신 장수를 깨워 거금을 줄 테니 꿀잠을 팔라고 하였다.

"영감님, 잠을 어떻게 팔아요?"

짚신 장수는 어리둥절한 표정을 짓지 않을 수 없었다.

"그냥 손에 잠을 쥐고 있다고 생각하고 이렇게 내 손바닥에 넘겨주면 되네."

부자 영감이 돈 꾸러미를 주며 손바닥을 내밀었다. 그러자 짚신 장수는 시키는 대로 왼손으로는 돈을 받고, 오른손으로는 꼭 움켜쥐고 있던 잠을 영감에게 건네주는 시늉을 하였다.

그날 밤 집에 돌아온 짚신 장수는 영감에게서 받은 돈 꾸러미를 항아리에 넣어 부엌 바닥에 파묻었다. 방에 들어와 잠을 자려고 하는데 이상하게도 잠이 오지 않았다. 부엌 바닥에 묻은 돈 꾸러미를 누가 훔쳐 갈까 봐 걱정이 되었던 것이다. 다시 항아리를 캐내어 벽장에 숨겼지만 그래도 잠이 오지 않았다. 도둑이 걱정되기도 했지만, 그 거금으로 장차 어떤 장사를 할까 고민을 거듭하다 보니 날이 훤하게 밝아버렸다.

그렇게 며칠 잠도 제대로 자지 못한 채 고민하던 짚신 장수는 돈 꾸러미를 싸들고 부자 영감을 찾아갔다.

"내 잠을 도로 내놓으시오."

짚신 장수는 돈 꾸러미를 부자 영감에게 건넸다.

마침 잠을 사왔는데도 눈만 더욱 말똥거려 며칠을 날밤으로 지새운 부자 영감은 괜히 거금만 낭비했다고 아까워하던 참이었다. 그래서 얼른 손에 쥔 잠을 짚신 장수에게 건네주는 시늉을 하고 거금을 돌려받았다.

이후 짚신 장수는 예전처럼 배불리 먹고 나서 난전 바닥에 벌렁 드러누워 꿀잠을 즐겼고, 부자 영감은 여전히 잠을 제대로 못 자 늘 피곤함을 면치 못했다.

이 우화는 우리에게 '과연 행복이란 무엇인가?' 라는 질문을 던지고 있다. 그리고 행복을 우리에게서 빼앗아 가는 것이 무엇인지를 깨닫게 해주고 있다. 이 간단한 이야기를 통해 우리는 행복이야말로 '자기만족' 이며, 그것을 빼앗아 가는 것이 '과도한 욕망' 임을 알게 된다.

짚신 장수의 행복은 짚신을 삼아 장에 내다 팔아 배불리 먹고 꿀잠을 자는 것으로 족하다. 그 이상의 돈이 들어오면, 그는 그 돈을 관리할 능력이 없기 때문에 불행해진다. 부자 영감은 '행복' 까지도 돈을 주고 사려는 과도한 욕심을 가진 사람이다. 돈이면 다 된다는 황금만능주의 때문에, 영감은 거금을 주고 잠을 샀지만 역시 잠을 제대로 자지 못해 불행을 겪는다.

행복이 들어앉는 마음자리는 바로 '자기만족' 인 것이다. 그리고 '욕망'은 또 다른 욕망을 불러오기 때문에 결국 행복의 자리를 빼앗기게 된다.

마음속에 욕망을 가득 채우면 행복이 들어앉을 틈새마저 사라진다. 마음의 여유가 없어지고 늘 불안과 초조에 시달리기 때문이다. 그러나 자기만족은 마음의 여유를 가져와 행복이 들어앉을 틈새를 만들어준다. 이러한 마음의 여유가 주는 틈새야말로 행복의 값진 열매를 딸 수 있는 블루오션이다.

그렇다면 과연 마음속에 숨어 있는 행복의 블루오션은 어떻게 찾아낼 것인가, 그 문제부터 해결하는 것이 선결 과제다.

『고리오 영감』, 『외제니 그랑데』 등으로 유명한 프랑스의 소설가 발자크는 언제나 자신의 책상 맞은편 벽에 빈 액자를 걸어두고 글을 썼다. 그가 빈 액자를 벽에 걸어두는 것은, 소설을 쓸 때 상상력을 불러오기 위해서였다. 그에게 있어서 빈 액자는 상상력이 샘솟는 원천 같은 것이었다.

어느 날 발자크를 흠모하던 어느 젊은 시인이 찾아와 다음과 같이 물었다고 한다.

"선생님은 왜 벽에 빈 액자를 걸어놓고 글을 쓰십니까?"

그러자 발자크가 되물었다.

"음, 자넨 저 빈 액자에 무엇이 들어 있다고 생각하나?"

"글쎄요. 제 눈에는 흰 여백밖에 안 보입니다."

발자크가 빙그레 웃으며 다음과 같이 대답하였다.

"허허, 저걸 어찌 흰 여백이라고 생각하나? 내 눈에는 명화처럼 보이는데……. 나는 매일 저 빈 액자를 바라보며 상상 속에서 세계적인 명화를 한 가지씩 바꾸어 넣어둔다네. 그러면 내 머릿속에는 그림이 뚜렷이 떠오르지. 그렇게 명화를 떠올리듯 내 상상력은 바로 저 빈 액자 속에서 걸어 나온다네. 그때부터 나는 다만 글을 쓰는 도구에 불과할 뿐이지. 저 빈 액자에서 걸어 나온 상상력이 내 손에 펜을 쥐게 만들고, 잉크를 찍어 원고지에 글을 써나가게 한다네."

나는 발자크야말로 진정으로 행복한 작가란 생각을 해본다. 빈 액자를 통해 상상력을 불러내는 능력을 가지고 있었기 때문이다. 이때 빈 액자는 작가의 상상력이 흘러나오는 마음자리이며, 행복의 틈새라고 말할 수 있다.

흔히 행복을 '호박이 넝쿨처럼 굴러 떨어지는' 로또 같은 것으로 착각하는 사람들이 있다. 행복은 자기 안에 있는 것인데, 자기 밖에서 찾으려고 하는 것이다.

행복과 행운은 다르다. 행운은 자기 노력과 큰 관련도 없는데 찾아오는 좋은 기회다. 그것이 당장은 좋을 수 있지만, 나중에 불행의 씨앗이 될 수도 있다. 운이 좋아 로또처럼 큰 노력 없이 일확천금을 얻은 사람치고 나중에 불행해지지 않은 사람이 거의 없

하인리히 슐리만의 꿈이 없었다면 트로이의 목마는
그저 하나의 전설로만 남았을지도 모른다.
꿈을 이룬 사람은
타인도 행복하게 해준다.

다는 통계가 그것을 말해준다.

행복은 자기 마음속에 있다. 그러나 그것을 발견하려고 노력하는 사람에게만 행복은 보석처럼 영롱한 빛을 띠고 다가온다. 행복의 틈새를 발견하려면 발자크처럼 마음속에 빈 액자를 하나씩 걸어둘 필요가 있다. 그리고 그 빈 액자에 매일 행복에 관한 그림을 그려보는 연습을 한다.

이러한 그림 그리기 연습은 마음속에서 행복의 틈새를 발견하기 위한 노력을 말한다. 자기 마음속에 행복이 숨어 있다고 하지만, 그것도 부단한 노력 없이는 발견하기 어렵기 때문이다.

이 세상 사람들 누구나 꿈을 가지고 있으며, 그 꿈의 완성은 곧 행복이라고 생각한다. 바로 그 꿈을 마음속의 빈 액자에 그려보는 것이야말로 행복을 찾는 지름길이라고 말할 수 있다.

한때 론다 번의 『시크릿』이라는 책이 베스트셀러가 된 적이 있다. 이 책의 핵심은 '끌어당김의 법칙'인데, 즉 그 법칙이란 자신의 꿈을 구체적으로 그리면 언젠가는 이루어진다는 마인드 컨트롤이다. 주로 물질적 욕망을 채우는 세속적 의미의 성공에 관한 법칙을 이야기하고 있지만, 마음속에서 정신적 행복을 찾는 방법론과도 연결된다.

마음속의 빈 액자에 구체화된 꿈을 그리면 언젠가는 어두운 터널 저 끝에서 빛나는 하늘의 틈새가 보이고, 그 공간 속에서 행복

의 블루오션을 발견하게 될 것이다. 다만 이때 꾸는 꿈은 실현가
능한 어떤 것이어야 한다. 허망한 꿈은 세속적 욕망과 결코 다르
지 않기 때문이다.

트로이의 유적을 발굴한 독일의 고고학자 하인리히 슐리만은
어린 시절부터 한 가지 꿈을 가지고 있었다. 가난한 목사였던 아
버지는 어느 날 아들에게 『어린이를 위한 세계사』란 책을 선물하
였는데, 그는 그 책에 나오는 트로이 왕도와 거대한 삽화를 보고
실제 있었던 일이라고 생각했다. 그래서 이 모든 이야기가 실제
있었던 일이 아니냐고 물었으나, 아버지는 그에게 작가들이 상상
력으로 지어낸 것이라고 시큰둥하게 대답했다.

그러나 어린 슐리만은 자신의 생각을 굳게 믿었고, 반드시 어
른이 되면 트로이의 역사가 사실임을 밝혀내고야 말겠다는 꿈을
꾸었다. 그는 마음속의 정원에 자신의 꿈나무를 심어놓고 매일
물을 주며 정성껏 가꾸었으며, 어른이 되자 자신의 꿈을 실현하
기 위해 트로이 유적 발굴에 나서기로 했다.

슐리만은 유적 발굴에 앞서 먼저 어학 공부에 매달렸다. 그리
스어를 배우지 않으면 유적을 발굴하는 데 많은 어려움이 뒤따를
것이라고 생각했기 때문이다. 그는 짧은 시일 내에 그리스어를
마스터하기 위해 교재 하나를 정해서 매일 큰소리로 읽고 또 읽
었다. 이웃 사람들이 시끄러워 잠을 잘 수가 없다는 민원이 들어

오자, 하숙집을 옮겨가며 매일 밤낮을 가리지 않고 읽었다.

이렇게 해서 슐리만은 단 6주 만에 그리스어를 마스터하였다. 그 다음에는 고전 그리스어를 파고들었다. 3개월 후에 그는 고전 그리스어로 된 저서들을 읽을 수 있게 되었다. 이와 같은 그의 학습 방법은 어학을 공부하는 많은 사람들에게 '통암기법'으로 널리 알려져 있기도 하다.

이렇게 그리스어를 익힌 다음 슐리만은 2년 동안 오로지 그리스 문학에만 몰두하였다. 거의 모든 그리스 고전 작가들의 작품을 훑어보았는데, 특히 호메로스의 『일리아스』와 『오디세이아』를 수없이 되풀이해서 읽었다.

슐리만의 어학 공부는 여기에서 그치지 않았다. 그는 다시 어렸을 적에 배웠던 라틴어 공부에 몰두하였다. 그 뒤 이집트를 여행하면서 아랍어도 익혔다. 이렇게 하여 드디어 그는 트로이 유적을 발굴하는 데 성공하고, 일약 세계적인 인류학자로 이름을 날렸다.

만약 하인리히 슐리만이 어린 시절에 그런 꿈을 꾸지 않았다면, 그리고 그 꿈을 구체화하기 위해 마음속의 흰 여백에 트로이 유적 발굴의 꿈을 그리지 않았다면, 지금까지도 트로이의 역사는 전설이나 신화로 남아 있었을 것이다. 온갖 고생 끝에 트로이의 유적을 발굴하는 데 성공했을 때, 그가 지었을 행복감에 젖은 얼굴을 상상하기란 그리 어렵지 않다.

나는 하인리히 슐리만처럼 자신이 꿈꾸던 것을 이루었을 때의 그 충만한 기쁨이야말로 진정한 행복이라고 생각한다.

십여 년 전부터 나는 등산을 즐긴다. 같은 산을 같은 코스로 올라가더라도, 매번 그 산은 내게 다른 빛깔과 인상으로 다가온다. 나는 산을 오르면서 세속적인 욕망을 버리는 연습을 시도한다. 자연과 가까워지면 질수록 세속적 욕망이 내 마음속에서 멀어지는 느낌이 든다.

그리고 욕망이 가득 찼던 마음의 빈자리에 나는 발자크처럼 빈 액자를 걸어두고 상상력을 불러내는 연습을 한다. 그 연습을 반복하는 것만으로 나는 순간적인 행복을 느낀다.

나는 진정한 행복을 위해 하인리히 슐리만처럼 어린 시절 꿈을 이루기 위해 더 노력해야 하고, 열정적인 삶을 살아야 한다고 지금도 다짐을 거듭한다. 짚신 장수처럼 꿀잠을 자려면 좀 더 세속적 욕망을 줄이고 '자기만족'의 즐거움을 구가하기 위해, 행복의 마음자리에 작은 틈새를 만드는 일을 게을리 하지 말아야 한다고 생각한다. 그것은 바로 마음의 여유를 찾는 일, 즉 마음속에 발자크의 빈 액자를 걸어두는 일에 다름 아니다.

마음속에 빈 액자를 걸어두고 그곳에 **나만의 꿈**을 그려보자.

엄광용 소설가, 동화작가

경기도 여주 출생. 중앙대 문예창작학과를 졸업하고 단국대 사학과 대학원 박
사과정 수료. 1990년 「한국문학」에 중편소설이 당선되어 문단에 데뷔. 1994년
삼성문예상 장편동화 부문 수상. 창작집 『전우치는 살아 있다』, 장편소설 『꿈의
벽 저쪽』, 장편동화 『이중섭과 세발자전거를 타는 아이』 등이 있음.

행복한
삶

허영자

시인

'행복' 이라는 말은 '심신의 욕구가 충족되어 조금도 부족함이 없는 상태' 라는 사전적 의미를 갖고 있다.

마음과 몸의 모든 욕구가 충족되어 조금도 부족함이 없는 상태가 되려면 여러 가지 요건이 따라야 할 것이다. 우선 슬픔이나 근심 걱정 따위 마음을 상하게 하는 일이 없어야 할 것이며 물질적으로 풍요하여 의식주(衣食住)에 구애됨이 없어야 할 것이다. 또한 건강하고 아름다운 신체와 용모, 늘 기쁨을 느낄 수 있는 안락한 환경, 명성을 얻어 우러름을 받고 출세하여 뜻을 이룩하는 일, 자손들의 흥성함 등이 두루 갖추어져야만 할 것이다. 그러기에 옛사람들은 수부귀다남아(壽富貴多男兒)를 행복의 기준으로 삼기도 하였다.

그러나 이런 요건을 모두 다 갖춘 사람은 인류의 역사 전체를 놓고 보더라도 극히 드물 것이며 모든 조건을 다 갖추기 바라는 것 또한 과도한 욕심일 것이다. 그러기에 여러 가지 요건 중 일부분을 갖추기만 하여도 행복한 삶의 주인공이 될 것이라는 생각을 하게 된다.

부자가 되어서 넉넉한 삶을 살면 행복하리라고 생각한다. 아름다운 미남 미녀는 행복하리라고 생각한다. 마음을 비운 성직자들은 행복하리라고 생각한다. 대권을 잡아 세상을 경륜하는 출세자는 행복하리라고 생각한다. 세상에 그 이름이 알려져 선망을 받는 이는 행복하리라고 생각한다. 자랑스러운 아들딸들을 둔 사람은 행복하리라고 생각한다. 건강하여 병이 없는 사람은 행복하리라고 생각한다.

　그러나 이런 생각도 따지고 보면 상대적인 생각일 뿐이다. 부자에게도 근심이 많고 출세한 미남 미녀 배우들이 미인박명(美人薄命)이라는 말처럼 불행한 삶을 살기도 한다. 자손들 때문에 속을 썩이기도 하고, 높은 권자에 오른 이가 외롭다고 말하며, 명성을 얻은 이가 그 상실에 초조해하기도 한다. 심지어 탐욕을 끊고 속세를 멀리한 수행자들조차도 끊임없는 회의와 방황에서 자유롭지 못하다.

　그러고 보면 진실로 행복하기란 얼마나 어려운 일인가.

　사실 상식적인 기준으로 행복과 불행을 판단하기란 불가능한 일인지도 모른다. 상식적으로 생각할 때 아름다운 자연 환경 속에서 인간의 존엄이 존중되고 복지 정책이 완벽한 국가, 문명과 문화의 혜택을 최고로 누리고 있는 선진 국가의 국민들이 행복하리라고 생각하지만 의외로 세상을 비관하는 일이 많으며 자살률이 높을 뿐 아니라 행복 지수가 낮은 것에 놀라게 된다. 반면에 잘 알려지지도 않은 태평양의 작은 섬나라 바누아투 사람들, 원시적인 삶의 흔적이 많이 남은 이 나라 사람들이 느끼는 행복감은 최고의 것이라 하니 행복의 요건은 객관적인 것이 아니라 대단히 주관적인 것임을 알 수 있다. 뿐만 아니라 우리들이 세운 행복의 기준이 편향된 것이어서 행복과 불행을 잘못 논하거나 판단하는 것인지도 모른다.

만금을 쌓아놓고도 더 탐욕을 부리는 욕심쟁이가 있는가 하면 목마를 때 한 그릇의 물이 주는 청량감에 행복해하는 사람도 있다. 건강이나 청춘 혹은 사랑 등 가졌을 때 몰랐던 행복을 잃고 나서 깨닫는 수가 있다. 큰 권력이나 금력이나 명성 때문에 구속받던 사람이 그 모두를 벗어 던지고 나서야 행복을 느끼기도 한다. 농촌의 핍박한 삶을 떠나 도시로 간 후에 행복을 느끼는 이가 있는가 하면 도시의 분주하고 메마른 삶을 떠나 전원의 한가한 삶에서 진정한 행복을 느끼는 사람도 있다. 복권에 당첨되어 행복한 사람이 있는가 하면 복권 당첨이 화를 자초하여 불행의 늪으로 빠지는 수도 있다. 사람들은 흔히 마음을 비우면 편안해지고 행복해진다고 말하지만 마음을 온전히 비우기도 어렵고 비우는 과정도 어렵다.

같은 조건이라도 행복해하는 사람이 있는가 하면 불행을 느끼는 사람도 있고 그 행복과 불행의 정도도 사람에 따라서 제각기 다르다. 그러기에 지극히 주관적인 관점에서 행·불행이 갈리며 따라서 삶의 빛깔도 달라지는 것이 아닌가 생각된다.

어느 기사에서 이런 이야기를 읽은 일이 있다. 30대의 한 남성이 일곱 살 된 아들을 데리고 사는 이야기였다.

이 젊은 아버지는 이혼을 한 홀아비였다. 이혼이라는 것은 인생 최대의 불행이라고 생각하였고 있어서는 안 되는 일이라고 생각해 왔는데 자기에게 그 일이 닥치자 당황하고 놀랍기가 이를 데 없었다는 것이다.

처음에는 상처 난 마음을 주체할 수 없어서 매일 술 마시는 것을 위안으로 삼았다고 한다. 그러기를 몇 달째, 어느 날 만취하여 집으로 돌아왔는데, 아버지를 반갑게 맞이하며 아이가 "아빠, 나는 아빠랑 살아도 행복해"라고 말하더란다.

그 순간 젊은 아버지는 정신이 번쩍 들었다고 한다. 이런 귀하고 착한 아들을 불행하게 만들어서는 안 되겠다는 자성을 한 것이다. 어린 아들에게 이런 지혜로운 마음이 있었다는 것에 감사하며 이런 아들을 갖게 된 것에 또한 감사하며 살게 되었다고 한다. 그동안 흐트러졌던 생활 태도도 고치고 아들과 많은 시간을 함께하다 보니 자신도 한없이 행복해지더라는 것이다. 그래서 아버지와 아들은 더욱 사랑하며 행복한 삶을 살고 있노라고 토로하

하나의 뿌리에서 수없이 많은 가지가 돋아나듯
우리네 인생 속에서 행복은 수만 가지 모양으로
자라납니다.

고 있었다. 사실 아이는 아빠랑 엄마랑 함께 사는 것이 행복하리
라는 것을 모를 리가 없다. 엄마가 그리울 때도 많았으리라. 그러
나 아빠조차 없었다면 더 불행하리라는 것까지 헤아리지 못하였
다 하더라도 괴로워하는 아빠를 위로해준 "나는 아빠랑 살아도
행복해"라는 아이의 말은 아이의 아빠뿐 아니라 전해 듣는 이들
의 마음까지도 젖게 한다.

눈이랑 손이랑
깨끗이 씻고
자알 찾아보면 있을 거야

깜짝 놀랄 만큼
신바람 나는 일이
어딘가 어딘가에 꼭 있을 거야

아이들이
보물찾기 놀일 할 때
보물을 감춰두는
바위틈새 같은 데에
나뭇구멍 같은 데에

행복은 아기자기

숨겨져 있을 거야.

〈행복〉이라는 제목으로 젊은 날에 썼던 시이다.

행복의 파랑새를 찾아 멀리 떠났던 아이들이 결국 자기 집에서
파랑새를 찾았듯이 행복은 멀리 있는 것이 아니라 자족(自足)하는
삶 속에 깃든 파랑새라는 것을 깨달아야 할 것 같다.

그렇다. 행복이라는 것도 마음먹기에 따라 얼마든지 빛깔이 달
라질 수 있는 것이기에 마음의 눈을 맑게 하고 다스리는 일에 정
진하는 것이 행복을 찾는 첩경이 되리라는 생각이 든다. 그러나
그런 큰 지혜를 얻기까지는 험난한 인생의 고갯길을 수없이 넘어
야 할 것 같다.

허영자 시인

1938년 8월 31일 경남 함양에서 출생해 숙명여대 대학원을 졸업했다. 1962년
『현대문학』지에 〈도정연가〉, 〈연가 3수〉, 〈사모곡〉으로 추천 완료되어 등단하
였다. 저서로 시집 『가슴엔 듯 눈엔 듯』, 『친전』, 『어여쁨이야 어찌 꽃뿐이랴』,
『저 빈 들판을 걸어가면』, 『기타를 치는 집시의 노래』, 『조용한 슬픔』, 『목마른
꿈으로써』, 『은의 무게만큼』, 『얼음과 불꽃』 등이 있고 시조집 『소멸의 기쁨』,
산문집 『한 송이 꽃도 당신 뜻으로』, 『허영자 선수필집』 등이 있다.
한국시인협회상, 월탄문학상, 편운문학상, 펜문학상, 목월문학상 등을 수상했
으며 현재 성신여자대학교 명예교수이다.

3

❖

긍정, 만드는 행복

삶을 긍정하는 마음으로 행복을 만들어낸다

감사로
찾아오는
행복

송 길 원

가족생태학자, 가정행복 프로듀서

하워드 가드너는 말한다. "행복한 사람은 가진 것을 사랑하고 불행한 사람은 가지지 않은 것을 사랑한다."

"바쁘냐?" 어머니의 목소리는 다급했다. "왜 그러세요?" "선옥이가 너를 너무 보고 싶어 해서 말이다."

지난 해 연말, 배가 아프다던 누이는 저린 다리를 부둥켜안고 쓰러졌다. 심장대동맥 박리(剝離)였다. 예정된 다섯 시간을 넘기고도 모자라 세 시간을 보탠 길고 긴 수술. 주치의는 수술이 길어진 이유를 지혈이 되지 않아서였다고 설명했다. 수술 중 너무 많은 피를 흘려 혹 뇌세포에 이상이 있을지 모르겠다는 불안한 말도 전했다. 이어 중환자실에서 회복실로 그리고 일반병실로 돌아온 누이는 그때부터 걱정을 증명이라도 하듯 이상행동을 보이기 시작했다. 하루 종일 먼 데를 쳐다보고 병실 밖 골마루에서 운동을 끝내고는 엉뚱한 병실을 찾아들기도 했다. 어머니가 떠먹이는 한 숟갈의 밥을 몇 번 우물거리다 국그릇에다 확 뱉어버리곤 했다. 모두들 불안한 눈초리로 쳐다보았다. 변의(便意)를 느낀 누이를 화장실로 안내했을 때는 들어서자마자 환자복에다 일을 치르기도 했다. 영락없는 치매 환자였다. 뇌 손상이 틀림없었다.

그런 누이가 깜빡 졸더니 "오빠는 어디 갔느냐"며 나를 찾았단다. 어머니는 타박을 놓았다. "너, 자다 꿈꿨냐?" 그러자 말없이 시선이 창밖을 향하더니 한참 있다 다시 되묻더란다. "네 오빠는 지금 강의로 얼마나 바쁜데…… 어제 다녀갔지 않았냐"는 말에 시무룩해지더니 또 다시 나를 찾았단다.

놀란 어머니를 안심시키고 병원으로 내달렸다. 입원실로 들어서는 나를 퀭한 눈으로 쳐다본다. "오빠 찾았어?" 누이가 고개를 끄덕인다. "그래 무슨 말 하려고?" 어머니는 더욱 불안한 눈초리로 누이를 쳐다본다. 뜸을 들이던 누이가 어눌한 소리로 말한다. "오오빠, 사으합니다." "그래 그 말 하려고 찾았어?" 말없이 고개를 끄덕이는 누이를 와락 끌어안았다. "오냐, 나도 우리 선옥이 사랑한다." 그리고 누이를 안은 채 기도했다. "하나님, 내 누입니다. 속히 회복시켜 주셔서 우리 행복하게 살게 해 주세요. 우리 더 사랑하며 살고 싶습니다." 지켜보고 있던 어머니는 눈시울을 붉혔다. 따라나선 아내도 눈물을 훔쳤다.

그날 밤, 집에 돌아와 늘 하던 대로 감사 일기를 썼다.

1. 누이가 죽지 않고 살아 있음이 감사하다. 의사는 천운(天運)이라 했다.

2. 매제가 보여준 위기 대처 능력에 감사하다. 머뭇거려 30분만 늦었어도 누이는 이 세상 사람이 아니었다.

3. 사랑 고백으로 가족애를 깨닫게 해줘 감사하다. 형제 아니고 누가 이런 아름다운 고백을 나눌 수 있겠는가?

4. 누이를 살려준 의사와 간호사에게 감사하다. 그들이 내 누이 살리려고 그 어려운 공부와 수련을 했다.

5. 하루도 멈추지 않고 뛰어준 심장에 감사하다. 하루 십만 번을 뛰면서도 지치지도 않고 불평 한마디 없다. 와!

심장에 조용히 손을 얹어본다. 쿵쿵쿵쿵……. 내가 살아 있다. 행복이다.

호락김열사의 행복

행복이란 무엇일까? 누구는 행복을 목련꽃에 비유했다. 팝콘처럼 피었다가 바나나의 껍질처럼 금방 새까맣게 변해버린다고 했다. 행복은 발견하는 것이 아니라 알아차리는 것이라고도 한

무거운 짐을 지고 있다고 불평하지 마세요.
그 짐을 들 **힘이 있다**는 것은 **행복**입니다.

다. 대체 행복은 무엇일까? 또 다시 물어본다. 누가 행복을 제대로 정의 내릴 수 있을까? 행복은 바람과 같아 손에 움켜쥘 수 없다. 단지 느낄 수 있다. 때로는 시린 손을 녹이는 입김처럼 때로는 이마에 맺힌 땀방울을 식혀주는 산들바람처럼, 가쁜 숨을 몰아쉬는 내게 호흡처럼 그렇게 나를 생명으로 감싸준다.

행복은 '호락감열사' 란 이름표를 달고 있다. 호는 호기심을 말한다. 락은 낙관주의다. 감은 감사다. 열은 열정과 에너지를 말한다. 마지막으로 사는 사랑이다. 한가운데 감사가 있다. 그래서 감사를 '행복의 심장' 이라 부른다.

지그 지글러는 이렇게 말한다. " '감사하다' 고 말할 때마다 우리는 '내가 가진 것과 내가 있는 장소를 그대로 받아들이겠다. 나는 지금 내게 필요한 것을 배우고 있는 중이다' 라고 다짐하는 것이다. 나는 감사할 줄 모르면서 행복한 사람을 한 번도 보지 못했다."

"한밤중에 자꾸 잠이 깨는 건 정말 성가신 일이야." 한 노인이 투덜거렸다. 다른 노인이 말했다. "하지만 당신이 아직 살아 있다는 걸 확인하는 데 그것만큼 좋은 방법이 없지. 안 그런가?"

감사는 이렇듯 일시에 나의 시각을 바꾸어 버린다.

가끔 불평이 똬리를 틀 때면 어김없이 꺼내드는 전가의 보도가 있다. 감사를 불러일으키는 다음의 글이다.

"10대 자녀가 반항을 하면 그건 아이가 거리에서 방황하지 않고 집에 잘 있다는 것이고, 지불해야 할 세금이 있다면 그건 나에게 직장이 있다는 것이고, 파티를 하고 나서 치워야 할 게 너무 많다면 그건 친구들과 즐거운 시간을 보냈다는 것이고, 옷이 몸에 좀 낀다면 그건 잘 먹고 잘 살고 있다는 것이고, 깎아야 할 잔디, 닦아야 할 유리창, 고쳐야 할 하수구가 있다면 그건 나에게 집이 있다는 것이고, 정부에 대한 불평불만의 소리가 많이 들리면 그건 언론의 자유가 있다는 것이고, 주차장 맨 끝 먼 곳에 겨우 자리가 하나 있다면 그건 내가 걸을 수 있는데다 차도 있다는 것이고, 난방비가 너무 많이 나왔다면 그건 내가 따뜻하게 살고 있다는 것이고, 교회에서 뒷자리 아줌마의 엉터리 성가가 영 거슬린다면 그건 내가 들을 수 있다는 것이고, 세탁하고 다림질해야 할 일이 산더미라면 그건 나에게 입을 옷이 많다는 것이고, 온몸이 뻐근하고 피로하다면 그건 내가 열심히 일했다는 것이고, 이른 새벽 시끄러운 자명종 소리에 깼다면 그건 내가 살아 있다는 것이고, 그리고 이메일이 너무 많이 쏟아진다면 그건 나를 생각하는 사람들이 그만큼 많다는 것이다."

발명왕 에디슨은 젊었을 때 청각 장애자가 되었다. 말년에 이런 고백을 한다. "참으로 감사한 것은 내가 젊은 날에 귀머거리가 됨으로써 연구에 몰두할 때 잡음이 들리지 않았다는 것이다. 청각 장애는 나에게 많은 도움이 되었다." 헬렌 켈러도 그러했다. 생후 19개월 때 열병을 앓은 후 듣지도 보지도 말하지도 못하는 '삼중고'(三重苦)를 겪어야 했다. 가정교사 설리번을 만나 1900년에는 하버드대 래드클리프 칼리지에 입학했다. 1904년에는 세계 최초로 대학교육을 받은 맹·농아자로서 우등 졸업도 하였다. 그녀는 고백한다.

"나는 나의 역경에 대해서 하나님께 감사합니다. 왜냐하면 나는 역경 때문에 나 자신, 나의 일, 그리고 나의 하나님을 발견했기 때문입니다. 나는 눈과 귀와 혀를 빼앗겼지만 내 영혼을 잃지 않았기 때문에 그 모든 것을 가진 것이나 마찬가지입니다."

우리가 롤 모델로 삼는 영웅들은 기실 이 원리를 미리 터득했던 사람들이 아닐까? 인도 속담에 '호랑이를 왜 만들었냐고 하나님께 투정하지 말고 호랑이에게 날개를 달아 주지 않은 것에 감사하라'는 말이 있다.

행복거사(幸福居士)가 건네는 행복의 십계

1. 생각이 곧 감사다

"Think & Thanks"란 말이 있다. 생각과 감사는 그 어원이 같다. 깊은 생각이 감사를 불러일으킨다.

2. 작은 것부터 감사해라

작은 감사가 큰 감사를 낳는다. 큰 강도 처음에는 작은 물방울로부터 시작되었다. 아주 사소하고 작아 보이는 것들을 먼저 감사하라. 그러면 큰 감사거리를 만나게 된다. 나중 감사가 아니다. 바로 지금부터 감사해라.

3. 자신을 감사하라

성 어거스틴은 이렇게 말한다. "인간은 높은 산과 거대한 바다의 파도와 굽이치는 강물과 저 광활한 우주의 태양과 반짝이는 별들을 보고는 감탄하면서도 정작 자기 자신에 대해서는 감탄하지 않는다." 자신을 감사하는 것이 가장 큰 감사다.

4. 일상을 감사하라

가장 어려운 감사는 가장 단순한 감사다. 숨을 쉬는 것, 가장 맑은 하늘을 볼 수 있는 것과 같이 관심을 가지고 보지 않으면 절대 알 수 없는 감사가 가장 어려운 감사라는 것이다.

5. 문제를 감사하라

문제는 항상 해결책이 있기 마련이다. 만약 해결책이 없다고 한다면 그것은 이미 문제도 아니다. 그러므로 해결책이 있음에 감사하라. 그러면 동굴도 터널로 뚫린다.

6. 더불어 감사하라

이들이 무엇에 감사하고 있는지 알 수 없다.

아무튼 감사하고 있다는 것만으로도

저들은 행복해 보인다.

장작불도 함께 있을 때 더 잘 타는 법이다. 혼자보다는 함께 감사할 때 감사는 시너지 효과를 띠게 된다. 가족들끼리 감사를 나누면 30배, 60배, 100배의 결실로 돌아온다.

7. 감사의 기어변속을 잘하라

처음에는 '만일에' 감사다. 그 다음이 '때문에'의 감사다. 이어 '불구하고' 감사하게 된다. 나아가 우리는 '더불어' 감사할 수 있어야 한다. 저속기어를 넣고 고속도로를 달릴 수는 없다. 기어를 높여라.

8. 잠드는 저녁 시간에 감사하라

대부분의 사람들이 짜증과 분노, 근심 걱정을 껴안고 잠든다. 잠드는 시각에 감사하라. 저녁 감사는 영혼을 청소한다.

9. 감사의 능력을 믿고 감사하라

감사에는 메아리 효과가 있다. 감사하면 뇌에 새겨진다. 그리고 감사의 반응은 언제나 긍정이 된다. 감사는 견인력이 있어 꼭 그런 방향을 가리킨다. 감사는 감사한 대로 이루어진다. 이를 성취력이라 한다.

10. 받는 감사가 아니라 주는 감사를 하라

우리말의 "고맙습니다"란 말의 어원은 "고만 마세요. 이제는 제 차례입니다"라는 뜻을 담고 있다. 영어의 thanksgiving도 마찬가지다. thanks + giving이다. 때문에 give and take가 아니

라 give, and take가 그 답이다. 언젠가 give and more take로
돌아올 것이다.

송길원 가족생태학자, 가정행복 프로듀서

고신대학과 동대학원을 졸업하고, Reformed Theological Seminary에서 학
위를 취득했다. 숭실대학교 기독대학원 겸임교수와 안양대학교 신학대학원 가
정사역 주임교수 역임했으며, 보건복지부 미래구상포럼 위원, 커뮤니케이션
포럼 은유와 상상 대표를 맡고 있다. 현재 가족생태학자, 가정행복 프로듀서로
활동하고 있다. 주요 저서로 『비움과 채움』, 『송길원의 행복 통조림』 외 다수가
있다.

신바람나고
행복해
지려면……

황 수 관

연세대학교 의과대학 외래교수
이롬통합의학센터 원장
대한적십자사 홍보대사

일전에 건강에 관한 강연을 시작하며 이런 화두를 던진 적이 있다.

"여러분은 하고 싶은 걸 안 하는 게 어렵습니까? 하기 싫은 걸 하는 게 더 어렵습니까?"

그러자 의견이 분분했다. 나는 또 다시 질문을 던졌다.

"여러분은 먹고 싶은 것을 못 먹는 게 더 힘듭니까? 먹기 싫은 걸 먹는 게 더 힘듭니까?"

이번에도 이렇다 저렇다 저마다 대답이 다르다.

"여러분, 건강은 하기 싫은 걸 해야 얻을 수 있고, 하고 싶은 걸 참아야 지킬 수 있는데, 전자는 바로 운동이고 후자는 바로 식이조절입니다."

"정말 그러네요! 맞아요, 맞아!"

"그럼 여러분, 고기를 놓칠 뻔한 게 좋습니까? 잡을 뻔한 게 좋습니까?"

갑작스러운 질문에 모두들 헷갈린다며 '와르르' 웃음이 터진다.

"여러분, 물론 고기는 놓칠 뻔한 게 좋은 거지요? 그러니 건강은 건강할 때 놓치지 않도록 잘 관리해야 합니다. 사람들은 흔히 병이 깊어지고 나서야 몸에 좋다는 것을 이것저것 다려먹고 고아먹고 하는데, 건강은 건강할 때 미리미리 잘 지키는 게 중요합니다. 그러기 위해선 원초적 본능에 충실하며 살아야 합니다. 운동 잘하고, 잘 먹고, 잘 자고, 잘 놀고, 잘 싸고, 잘 풀며 사시기 바랍니다."

우레 같은 웃음과 박수가 터져 나왔다.

과연 여러분은 지금 어떠신가?

자아가 성숙해지면서 우리는 자연스럽게 하고 싶은 걸 참는 법과, 하기 싫은 것을 해내는 인내를 터득하게 된다. 그렇게 하는 것이 행복으로 가는 지름길이라는 믿음을 가지고…….

행복해지려면
이미 주어진 것에 감사하라

사람은 누구나 행복을 추구하며 산다.

그 간절함이 오죽했으면 깊은 산중에 행복을 가르쳐준다는 '행복학교'가 생기고, 이래라 저래라 행복해지는 비결을 알려주겠다는 책들이 난무하겠는가!

이제 내 나이 이순을 넘어 세상의 이치를 깨닫고 보니, 비로소 행복은 소유하는 데서 오는 것이 아니라 누리는 데서 얻는 것임을 알게 되었다.

내가 뭐든 다 갖추고 완벽해져야 행복을 누릴 수 있을 것이라는 착각 속에 우리는 무엇인가 축적하려 몸부림을 친다. 젊은 학생들은 직장을 구하려고 온갖 스펙을 쌓고, 여성들은 보다 탁월한 미모를 갖추려고 성형외과를 드나든다. 너나할 것 없이 동안(童顔)을 추구하며, 식스 팩을 만든다고 산고에 버금가는 고통을 참아낸다. 그러나 이 정도면 됐다고 만족해하는 이는 없다. 진짜 내가 아닌, 남에게 보이기 위한 나로 포장하느라 정작 하늘 한 번 쳐다볼 여유조차 없다. 그리곤 허탈해서 하나같이 말한다. '세상은 가진 자의 것이 아니라 누리는 자의 것'이라고……

여러분, 암이 왜 생기는지 아시는가? 암(癌)이란 한자를 풀어 말하면 입 세 개 몫이 될 정도로 산더미처럼 많은 음식을 처먹어서(?) 생긴 병이라는 뜻이다. 세상의 모든 이치가 그러하듯 건강도 과유불급(過猶不及), 즉 과하여 지나치면 모자람만 못하다는 말이다. 요즘 제일 잘 팔리는 식품이 바로 다이어트 식품이라고 한다. 다이어트라는 단어만 들어가면 건강보조식품도 채소도 생선도 곡물도 불티나게 팔린다고 한다. 왜 이런 현상이 일어났는가? 원인은 간단하다. 움직이는 것보다 많이 먹기 때문이다. 물

론 체질적으로 병적으로 살이 찌는 경우는 예외지만 말이다. 과
(過). 지나칠 과자가 들어가서 좋은 말은 없는 것 같다. 과식, 과
욕, 과실, 칭찬도 과하면 과찬이 되어 몸둘 바를 모르게 만들지
않던가!

행복해지려면
약점을 강점으로 바꾸어라

경주마가 밭을 가는 모습을 본 적이 있는가?

경주마가 밭까지 잘 갈 필요가 있겠는가! 그렇지 않다.

나 혼자서 무엇이든 다 잘해야 할 필요는 없다. 왜냐면 세상은
자기가 제일 잘할 수 있는 것으로 자신의 몫을 해내며 그렇게 어
우렁더우렁 살아가는 곳이기 때문이다.

유명한 동화작가 안데르센은 못생기기로 유명한 사람이다. 어
려서부터 친구들에게 어찌나 놀림을 받았던지 혼자 지내는 시간
이 많았다.

훗날 유명 작가가 된 소감을 묻는 기자에게 "내가 못생겼기 때
문에 미운 오리새끼를 쓸 수 있었고, 우리 집이 너무 가난했기 때
문에 성냥팔이 소녀를 쓸 수 있었습니다. 저마다의 약점은 활용

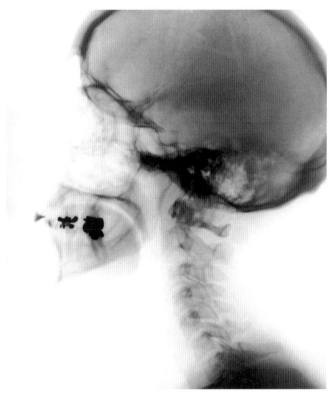

사람이란 신비하고 오묘하다.
행복해지고 싶으면
행복을 전달하는 물질이
나오고 불행해지고 싶으면 불행을 전달하는 물질이 나온다.

능력에 따라 최고의 강점이 될 수 있습니다"라고 성공 소감을 말했다. 해리포터로 유명해진 조앤 롤링도 자기 딸에게 읽어줄 책을 살 돈조차 없어서 직접 딸에게 들려줄 이야기를 쓰다가 오늘날 돈을 제일 많이 버는 작가가 되었다고 한다.

이렇게 어려운 난관과 역경을 이겨내는 힘을 '회복 탄력성' 이라고 한다. 그런데 이 회복 탄력성은 자기 자신을 완전히 믿어주고 지지해주며 사랑해주는 사람이 단 한 명만 있어도 놀라운 위력을 발휘한다.

나는 가난한 농부의 아들로 태어나 중학교에 진학할 수 없었다. 외당숙에게 포항 영일 중학교는 입학금이 없어도 다닐 수 있다는 말을 듣고 포항까지 찾아가 입학 허락을 받고 집에서 무려 18킬로미터를 걸어서 학교에 다녔다. 형편상 고등학교 역시 장학금을 받고 다닐 수 있다는 말에 안강농고를 다녔고, 대학 역시 학비 부담이 적은 교육대학을 나와 결국 초등학교 교사로 재직하였다.

물론 여기까지는 그 시절 누구나 겪어낸 평범한 이야기다. 그땐 다들 어려웠으니까……

그러나 나는 항상 배움에 목말랐다. 공부에 한이 맺혔다. 공부하지 않고는 이 가난을 대물림할 수밖에 없겠다는 생각에 공부를 향한 열망을 접지 않았다. 결혼을 해서도 야간 대학교, 야간 대학

원, 야간, 야간. 굽히지 않고 공부하여 결국 이학박사 학위를 땄
고 소위 KS출신들도 서기 어렵다는 연세대학교 교수가 되었다.
그러나 거기서도 멈출 수 없었다. 공부는 하면 할수록 자기의 무
지를 깨닫는 것이었기 때문이다.

결국 교수가 되어서도 거의 매일 밤을 뜬눈으로 새우며 연구에
몰입하였다. 100편이 넘는 논문을 발표하고, 운동이 신체 건강에
미치는 영향과, 웃음이 건강에 미치는 영향 등을 시간 가는 줄도
모를 정도로 재미있게 연구했다. 나는 새로이 깨닫게 된 지식과
정보들을 가지고 강단에서 신바람이 나서 열강을 하였고, 황수관
교수의 강의가 재미나다는 입소문이 나기 시작하면서 급기야 방
송을 타기 시작했다.

TV, 라디오, CF, 교회 집회, 사회 강연, 해외 집회까지 일약 스
타가 되어, 전국 방방곡곡 오지 낙도부터 미국, 캐나다, 멕시코,
호주, 일본 등등 아프리카를 빼고 거의 모든 나라를 누비며 강연
을 하고 있다.

약점을 보완하여 강점으로 만들고 강점은 극대화하여 활용하
라! 건강도 마찬가지다. 혹시 위가 안 좋은 가족 병력이 있었다면
위장을 보호하는 음식으로 조절하면 된다. 혹시 대장이 안 좋은
가족력이 있다면 대장에 유익한 음식과 섭생을 하면 된다. 혹시
당뇨병을 앓고 있는 부모형제가 있다면 식이 조절과 운동으로 다

스리면 되는 것이다. 건강도, 성품도, 인생도, 관계도, 약점을 강화시켜 다스리고 보살피면 모두가 행복하게 살 수 있다.

행복해지려면 생각을 바꿔라

우리는 모든 생각을 자기위주로 자기 주관적으로 해석하며 산다.

그래서 '지동설이 맞아, 지구가 태양의 주위를 도는 것이지, 태양이 지구를 도는 것이 아니야' 라고 생각하면서도 여전히 "오늘도 어김없이 태양은 지고 달이 떠오르네!"라고 말한다. 태양은 늘 그 자리에 있는데, 마치 태양과 달이 나를 중심축으로 하여 움직이는 것처럼, 말하고 생각하고 행동하는 것이다.

파스칼은 "피레네 산맥 이쪽에서는 합법이 피레네 산맥 저쪽에서는 불법이다"라는 말을 했다. 그만큼 우리는 원칙의 모호한 경계를 살아가고 있다. 이런 주관적 사고방식은 거의 고정관념(고장난 생각)이 되어 주변 사람들을 매도하며 '저 사람이 변했다, 달라졌다, 이상해졌다' 고 불평하며 살게 한다.

물론 소가 없으면 구유는 깨끗하겠지만 소의 힘으로 얻는 것을 잃는다!

관계가 없으면 잠시는 편할지 모르지만 관계를 통하여 얻는 것을 놓친다!

그러니 여러분이여! 이제부터 내가 아닌 상대방의 입장에서 역지사지로 생각해보시라!

'그런 상황이었다면 그럴 만도 했겠다, 진짜 그럴 수밖에 없었겠네, 나라도 저 상황이면 저랬을 거야……'

이런 사고의 전환이 확산되어 바이러스처럼 퍼진다면 우리는 그 누구와도 갈등하거나 반목할 이유가 없을 것이다.

심장의 심자는 心(마음 심)자이다. 우리가 흔히 어려운 일을 당한 사람을 위로할 때 '얼마나 상심하셨습니까?' 라고 말하는데 상심(傷心)은 말 그대로 '마음의 상처'다. 마음이 상한 사람은 자기 심장 즉 가슴을 치며 '속이 터진다!', '가슴이 터질 것 같다!' 라고 말한다. 우리가 스트레스를 받으면 마음이 가장 큰 타격을 받기 때문이다. 우리 가슴 속에는 심장과 폐가 있는데 이 기관은 주로 외부의 충격이나 압력에 의해서 타격을 받는다.

내가 생각 없이 내뱉는 한마디가 상대방의 심장을 상하게 만드는 것임을 생각한다면 어디 농담이라도 나오는 대로 내뱉어지겠는가!

슈바이처 박사도 "나 자신의 행복을 위해 살지 말고 다른 사람의 행복을 위해 살라. 그러면 자신도 행복해질 것이다"라고 했다.

왜냐면 남을 이해하게 되고 사랑을 베풀다 보면 그때부터 우리

뇌 속에서 건강에 필요한 호르몬인 옥시토닌, 세로토닌, 베타 엔 돌핀, 노르에피네피린 같은 호르몬이 분비되기 시작하기 때문이 다. 그러니 저절로 건강해질 뿐만 아니라 죽을병도 낫지 않겠는 가! 살면서 마주치는 모든 결과는 엄밀히 말하면 모두 생각의 결 과라 해도 과언이 아닐 것이다. 생각을 바꾸면 나도 남도 행복하 게 살 수 있다.

행복해지려면 지금 이 순간의 행복을 놓치지 마라!

우리는 흔히 행복을 논할 때 네 잎 크로버를 인용한다. 행운을 상징하는 네 잎 크로버를 찾느라 정작 우리 주변에서 늘 함께 하 는 작은 행복, 즉 세 잎 크로버를 놓치지는 않느냐고!

사실 인간의 욕심은 끝이 없다. 아무리 가져도 '없는 것' 에만 관심을 두는 것이 사람의 욕심이다. 결국 욕심은 죄를 낳고, 죄가 장성하여 결국 욕심을 부리던 인생을 사망의 늪으로 끌고 들어 간다.

나는 그런 의미에서 고진감래의 결과를 위하여 뛴다는 명분을 내세우다가 '내일의 행복을 얻기 위해 오늘의 행복을 희생하는'

우를 범하지 말자고 다짐하곤 한다.

우리 몸의 모든 기능은 좋은 영향을 주는 것과 좋지 않은 영향을 주는 것에 의하여 작동된다. 우리 몸은 두 개의 자율신경인 교감신경과 부교감신경으로 구분되어 있다. 이 두 신경은 우리 몸의 모든 장기에 분포되어 조화를 이룬다. 현대인들이 스트레스로 인하여 건강을 해치는 것은 바로 교감신경에 너무 심하게 자극을 받아서다. 왜냐면 교감신경은 주로 불안, 공포, 긴장, 초조, 시기, 질투, 미움, 분노 등의 감정에 자극을 받기 때문이다.

그렇다면 부교감신경은 어떤 역할을 하는가?

제아무리 교감신경에 자극을 받아 우리 몸이 스트레스 상태가 되어도 우리가 건강을 해치지 않도록 조물주께서 부교감신경이라는 치료약을 우리 몸에 넣어놓으셨다. 부교감신경이 자극을 받아 활성화되면 T임파구, 감마 인테페론, 베타 엔도르핀 같은 좋은 호르몬과 신경물질이 분비되어 항상 우리의 마음이 즐거워지고, 남에게 베풀고 싶은 마음이 생겨나고, 나보다 남을 낮게 여기는 겸손한 마음으로 배려하게 되고, 항상 용서하는 너그러운 마음이 들어 감사하며 살게 된다. 그러니 자연 심장은 천천히 뛸 것이고, 위장은 연동운동을 힘차게 해서 소화를 잘 시키고 배설도 잘 되며, 마음이 평안하니 숙면을 취하여 건강해지는 것이다.

어떤 커피 예찬론자는 '커피의 쓴맛을 느끼려 말고 쓴맛 뒤에 밀려오는 달콤한 향을 즐겨보라'고 권한다. 맞는 말이다. 그러나 노후의 안락한 생활을 준비하느라 젊은 날 몸을 혹사하고, 바쁘다는 이유로 가족 간 사랑의 교류를 포기하여 행여 건강과 가정의 행복을 놓치지 않게 되기를 당부한다. 행복은 준비하는 것이 아니라 지금 바로 누리며 부교감신경을 자극하는 것이다.

행복해지려면 내 페이스를 잃지 말고 지켜가자

미래학자들은 "이제 큰놈이 작은놈을 잡아먹는 시대는 지나가고 빠른 놈이 느린 놈을 잡아먹는 시대"라고 말한다. 선풍기가 부채를 잡아먹고 에어컨이 선풍기를 잡아먹었다.

자전거가, 오토바이가, 자동차가, 비행기가 세상의 속도를 모두 집어삼켰다. 그렇더라도 우리는 걸을 만한 거리는 걸어서 다니자. 왜냐면 두 다리가 우리의 의사이기 때문이다. 우유를 받아먹는 사람보다 우유를 배달하는 사람이 더 건강한 법이다. 일부러라도 시간을 내서 약간의 경사도가 있는 산을 타고, 숨이 조금 차도록 뛰기도 하고, 줄넘기를 하고, 축구도 하고 배구도 하자. 우리 몸의 기능은 활용할수록 더 좋아진다.

'귤이 회수를 넘으면 탱자가 된다'는 말처럼 본질적으로 선량한 사람도 좋지 못한 곳에서 생활하다 보면 자신도 모르는 사이에 물들기 마련이다. 세상이 제아무리 재촉하고 서두르더라도 우리만은 우리식으로 페이스를 조절하며 살아보자. 그래서 99세까지 88하게 장수하여 모두 모두 행복하시기를 간절히 기원한다.

황수관 연세대학교 의과대학 외래교수,
이롬통합의학센터 원장, 대한적십자사 홍보대사

교사시절 야간으로 대구대학과 경북대 교육대학원을 졸업했으며 경북 의대 연구원 과정을 마친 후 연세대학 의과대학 생리학 교수와 세브란스 건강 증진센터 부소장이 되었다. 국민대학에서 이학박사 학위를 받았지만 스마일 박사, 신바람 박사, 호기심 박사, 이야기 박사로 더 알려져 있다. 운동과 건강에 관한 100여 편의 논문이 발표되었고 『저 보세요 저 보세요 그래서 웃잖아요』, 『황수관 박사의 웰빙 건강법』, 『황수관 박사와 실컷 웃어보자』 등 20여 편의 저서가 있다.

세상을
바꾸는
행복

고정욱

동화작가

얼마 전 나는 보건복지부장관이 최초로 주는 '이 달의 나눔인 상'을 받았다. 그래도 한 나라의 장관이 인정하는 나눔을 실천한 사람이라는 의미의 상이어서 뿌듯했다. 스물한 명이나 받는 그 나눔인 상 수상자에는 유명한 탤런트나 가수, 연예인도 섞여 있었다.

그런데 주최 측에서 나에게 특별히 수상 소감을 한마디 말하라는 것이 아닌가. 그런 곳에서의 수상 소감은 원래 짧게 하는 것인데 나는 모처럼 장관도 계시고 많은 나눔인들이 있기에 나눔의 의미가 무엇인지를 이야기하리라 작정하고 빈자칠시(貧者七施)를 생각해 봤다. 빈자칠시는 가난한 사람이 찾아와서 자기는 남들을 위해 나눠줄 것이 없다고 하소연했을 때 부처님이 가르쳐 준 일곱 가지의 보시하는 방법이다.

부드럽고 정다운 얼굴로 남을 대하는 것, 남에게 좋은 말을 해주는 것, 마음의 온정을 주는 것, 선량한 눈빛으로 사람을 대하는 것, 힘든 일을 내 몸으로 때우는 것, 먼저 잡은 자리를 내주어 양보하는 것, 그리고 굳이 묻지 않더라도 상대의 속마음을 헤아려 알아서 도와주는 것이 그것이다.

이 일을 계기로 가만히 생각해보니 내가 이 세상을 행복하게 사는 일곱 가지 이유도 있는 것 같다. 그것을 한번 드러내 보는 것도 나쁘지 않으리라.

그 첫째는 말로 행복해지기다. 나는 사실 소아마비를 앓은 일급지체장애인이어서 사람들이 볼 때는 가장 불행해야 할 사람 가운데 하나다. 그러나 나를 처음 만나면 사람들은 가장 먼저 나의 입심에 놀란다. 장애가 있어 몸이 자유롭지 못하니 입만 살아서인지도 모르겠다. 사람들을 만나면 나는 가급적 재미있고, 알맹이 있는 이야기만을 하려 애쓴다. 아직도 상당수 비장애인은 장애인들을 교육을 제대로 받지 못하여 불쌍하고 수준이 낮은 사람으로 여기기 때문이다. 그러한 그들에게 다섯 살 때부터 책을 읽고 국문학을 전공해 글을 쓴 나의 말솜씨가 범상할 리 없다. 한두 마디만 대화를 나눠보면 이 사람은 장애가 있지만 녹록지 않구나 하는 생각을 하게 되는 모양이다. 물론 입만 살아선 안 된다. 말 안에는 진정성이 담겨 있어야 함을 나는 누구보다 잘 알기 때문이다. 진심 어린 대화와 진정성이 담긴 말을 통해서 나는 이 세상을 바꾸려 애쓰고 있다.

작년만 해도 강연을 135회 다녔다. 전국의 초 · 중고등학교와 관공서, 도서관 등을 누비는 것이다. 하루에 두 번 강연하는 것도 부지기수다. 제주도에서부터 부산 목포까지 동분서주(東奔西走)

하다보니 이제는 내가 강연가가 아닌 여행 전문가가 다 된 기분이다. 그들을 만나서 나의 언어로 장애에 대해서 알리고, 장애인의 삶에 관한 정보를 제공하며 더불어 사는 세상을 만들어 달라고 호소하고 있다.

내가 언어 장애인이 아닌 것이 얼마나 다행인가. 내 열변을 들은 학생들이나 청중들이 박수를 치고 감동받아 장애인에 대해서 새롭게 생각하게 된다면 이 세상이 조금은 좋아지는 것이 아닐까. 이런 일을 하라고 내가 장애인 된 것이 아닌가라는 생각에까지 이르면 강연을 마친 뒤 비행기나 기차를 타고 서울로 돌아올 때 몸은 힘들지만 마음은 뿌듯한 행복감으로 가득 찬다.

두 번째는 행동이다. 휠체어를 타고 다니기 때문에 나 역시 사람들을 겪고 부딪힌다. 나의 존재와 행동을 통해 나는 세상을 조금이라도 좋게 바꾸려 애를 쓴다. 가장 큰 문제가 편의 시설이다. 대부분의 강연 장소는 장애인이 접근하기 힘들게 되어 있다. 엘리베이터가 없다든가, 혹은 엘리베이터를 통해 강연장으로 들어가더라도 무대 위로 올라가는 경사로가 없다. 그저 계단뿐인 것이다. 애초에 설계할 때 장애인이 그런 무대 위에 올라오리라고는 상상을 못하고 만들었기 때문이다. 강연을 갈 때면 나는 꼭 이야기한다. 내가 올라갈 수 있는 경사로가 있느냐고. 돌아오는 대답은 대부분 없다는 것이다. 그러면 나는 그들에게 요령을 말해

준다. 간단하게 합판을 붙여서 만들 수도 있고, 이동식 경사로도 있으니 빌려다 설치해도 된다고 말이다.

　이런 이야기가 가끔은 감동적인 결과를 빚어내기도 한다. 김포의 어느 초등학교는 내가 온다는 말을 듣고 교장선생님이 연단에 올라가는 대기실에서 무대까지 경사로를 급히 만들었다. 제대로 고급 나무를 써서 만들어 놓은 그 경사로는 무려 예산을 백만 원이나 들인 것이라고 한다. 작은 초등학교가 그저 한 번 왔다 갈 강사를 위해 돈을 그렇게 투자한다는 것은 빠듯한 예산 범위 안에서 결코 쉬운 일이 아니다.

　그 뒤로는 나를 위해 경사로를 만드는 곳이 많아졌다. 합판을 가져다 야무지게 만든 학교도 있다. 와부도서관은 아예 휴대용 경사로를 구입해서 설치해 놓기까지 했다. 이러한 나의 노력 덕분에 그 뒤 그곳을 이용하는 장애인들은 편리하게 무대를 오를 수 있고, 원하는 곳 어디든지 갈 수 있다. 단 한 번 쓰는 경사로이지만 언젠가 또 다른 장애인에게 기쁨을 제공할 것이라고 생각하면 나는 무척 행복하다. 내 구체적인 행동을 통해 세상이 바뀌었기 때문이다. 최소한 그 학교만은, 그 도서관만은, 그 단체만은 한 번 만든 경사로를 일부러 철거하지는 않을 것이니까.

　세 번째로는 눈빛이다. 빈자칠시에도 나오지만 대부분의 비장애인들은 나를 만나면 내 눈빛을 보고 의외라는 표정을 짓는다.

내가 하나의 돌을 놓으면 내 뒷사람은 조금 더 행복해진다.

여느 장애인같이 주눅들어 있거나 소극적인 눈빛이 아니기 때문이다. 당당하며 자신감 넘치는 눈빛, 그것만으로도 나는 이 세상을 바꿀 수 있다고 분명히 믿는다. 대부분의 장애인들이 지닌, 자신 없는 눈빛에 익숙하던 사람들은 내 당당함에 깜짝 놀란다. 그리고 자신이 알고 있던 장애인에 대한 인식이 잘못되었음을 깨닫는다.

나는 어린이들을 만나면 사랑스러운 눈빛을 보내준다. 동심을 담아 아이들에게 농담도 하고 장난도 친다. 아빠 같기도 하고 할아버지 같기도 한 눈빛으로 아이들을 바라보려 애쓰는 것이다.

개인 대 개인으로서 대하면 그들 역시 장애에 대한 편견의 꺼풀을 벗고 진지하게 나를 마주한다. 내가 이렇게 함으로써 이다음에 그들을 만날 다른 장애인이 멸시나 냉대나 차별의 눈빛이 아닌, 부드럽고 따뜻한 눈빛을 받을 것이기 때문이다.

네 번째가 표정이다. 나는 항상 웃으려 애쓴다. 원래 성격이 밝고 명랑한 때문이기도 하지만 웃어서 나쁠 것이 전혀 없다. 물론 요즘은 나이가 들어 웃다 보면 얼굴에 주름이 잡히는 것이 신경 쓰이기는 한다. 하지만 나이 먹는 것을 받아들이기로 이미 작정한 터, 실컷 웃는다. 웃으면서 잡힌 주름은 보기도 좋다고 하지 않던가. 항상 웃으면서 밝고 긍정적으로 세상을 바라봐주면 이 세상을 바꿀 수 있다. 내 할 일은 바로 그런 것들이다.

책을 많이 쓰고 강연을 하다 보니 인터뷰도 자주 한다. 방송에 출연할 때도 많다. 그럴 때도 항상 웃어준다. 신문이나 잡지 기자들이 찾아와서 사진을 찍을 때면 나는 자신 있게 말한다.

"인터뷰를 수백 번 해봤기 때문에 사진 잘 찍힙니다."

처음에 그들은 설마 하는 표정이다. 대개 그들이 만난 사람들은 얼굴이 굳어 있어 제대로 웃지도 못하고 찌그러지기 일쑤인 때문이다. 게다가 우리나라에서 중년이란 뜻은 세파에 시달리며 웃을 일이 별로 없다는 의미와도 같다. 원하는 대로 너털웃음, 미소, 환한 웃음을 마구 지어주는 나를 보고 사진기자들은 감탄한다.

"어, 정말 프로 모델 같으세요. 저희들 할 일이 별로 없어요."

한 시간 걸릴 것이라는 사진 작업을 단 몇 분만에 끝내버리는 것이 나의 주특기다. 훈련이 돼서가 아니다. 비록 장애가 있지만 나는 장애 때문에 내 웃고 싶은 천성, 나의 명랑한 얼굴 표정까지 망치고 싶지는 않다.

마더 테레사가 새로운 수녀를 뽑을 때면 가장 먼저 명랑하고 유쾌한 성격을 가진 사람을 선택한다고 한다. 매일 사람이 죽어나가는 사랑의 선교회에서 우울증이나 내성적인 성격을 가진 수녀들은 견뎌내지 못한다는 것이다. 환한 얼굴로 웃을 수 있고, 밝고 명랑한 천성을 가진 사람만이 그러한 환경에서 이겨내며 진정한 사랑의 봉사를 할 수 있다고 한다.

장애를 가졌지만 내가 환한 미소를 지을 수 있음은 그게 바로 나의 천성인 동시에 또한 할 일이기 때문이다. 나를 차별하며 천대했던 이 세상에 환한 미소를 던져주는 것, 그것보다 더 큰 보복이 어디 있는가? 나의 웃음을 통해 그들의 마음에 얼어붙어 있던 차별과 편견의 껍질도 깨져 나가리라는 희망을 가져본다.

다섯 번째는 나의 학식과 실력이다. 대개 장애인들은 공부를 하지 못하고, 교육을 받지 못해 지적으로나 혹은 학문적으로 열세에 놓인다. 물론 나는 부모님을 잘 만나 공부도 많이 할 수 있었고, 마음껏 책을 읽거나 이 세상의 정보를 흠뻑 받아들일 수 있었다. 작가로서 20년 넘게 살고 있으며, 일 년에도 20여 권 이상의 책을 써낼 수 있는 것은 내가 그만큼 눈에 불을 켜고 공부를 하며 실력을 쌓으려 애쓰기 때문이다.

대학교 4학년 졸업 무렵이었다.

"아버지, 대학원까지 꼭 가야 할까요?"

나의 회의적인 반응에 아버지는 정색을 하고 말했다.

"장애를 가진 너 같은 사람이 공부를 많이 해서 이 세상을 바꿔야 한다. 같은 말을 하더라도 장애를 가진 네가 실력과 능력을 가지고 이야기한다면 그 반향이 더 크고 사람들이 더욱 진지하게 받아들일 것이야."

20대 때는 그 말이 무슨 뜻인지 몰랐다. 그러나 돌이켜보니 아버지의 그 말씀이 다 맞는다. 기회가 주어졌을 때 열심히 공부하여 실력을 쌓고, 그 실력을 통해 이 사회에 내가 공부하고 느끼며 고민했던 진실들을 되돌려 주는 것이 내가 할 일이다. 그것을 통해 사람들이 몰랐던 것을 깨닫고, 그들의 삶에서 지혜를 얻을 수 있다면 얼마나 좋을까.

나는 장애를 가졌지만 작가로서 지식인으로서 사명이 있다. 최선을 다해 공부하고 느끼고 경험하여 고민한 결과물을 통해 작품으로, 혹은 강연으로 기회가 닿을 때마다 세상에 장애에 대해 알리고 부르짖는 일이 그것이다. 그럼으로써 세상을 바꿀 때, 내가 이 세상에서 장애인으로서 사는 삶의 의미가 완성되기 때문이다.

여섯 번째는 인내심이다. 사실 장애를 가지고 산다는 것은 끊임없는 고통의 연속이다. 남들과 비슷한 성과를 내려면 두 배, 세 배의 노력을 해야 한다. 헬렌 켈러도 그러했고 스티븐 호킹도 그러했다. 나 역시도 한 시간 이상을 의자에 앉아 있기가 힘들 만큼 허리가 약하다. 혈액순환도 되지 않고 겨울만 되면 늘 차가워진 하반신 때문에 몸을 움직이기가 매우 힘들다.

하지만 세상에 나의 삶을 알리고 외칠 때에는 그러한 고통을 참아내는 인내심이 있어야 한다. 어려움을 견뎌내고 쓸쓸함과 외로움을 이겨내야 한다. 문학이라는 고독하고 힘든 길을 걷는 나의 모습을 통해 수많은 사람들이 감동을 받고 장애인의 능력과

집념을 과소평가하지 않게 되는 까닭이다. 나는 뒤에 올 후배 장애인들을 위해 앞날을 개척하는 개척자이다. '장애인은 못해', '장애인은 약해', '장애인은 실력이 없어', '장애인은 참을성이 부족해'라는 말을 듣지 않게 하려면 내가 인내하며 목적을 향해 달려가야 하기 때문이다. 그로써 나는 세상을 바꾸려 하고 있다. 인내는 쓰나 그 열매는 달다는 말이 부디 허언이 아니기를 기대하면서…….

마지막인 일곱 번째는 성실한 삶의 자세이다. 사람들은 이미 내가 글을 쓰고 여기저기 언론에 노출되어서 나를 많이 알아본다. 지나가던 어린이들이 사인해달라고 하는 적이 있을 정도다. 그야말로 공인이 된 것이다.

하지만 공인으로서의 삶은 정말 힘들고 외롭다. 어디서 함부로 행동할 수도 없고, 대중들은 도덕적으로 윤리적으로도 엄격한 잣대를 나에게 들이댄다. 가끔 연예인이나 공인들이 법을 위반했을 때 더욱 더 혹독하게 질타를 당하는 이유는 그들이 공인으로서 사랑받았기 때문이다. 나 역시 이름이 알려진 작가로서 행복을 느끼는 이유는 바로 높은 도덕성을 목표로 나의 삶을 일로 매진하고 있기 때문이다. 그럼으로써 사람들에게 장애인의 삶이지만 성실하고 존경받을 만한 구석이 있다는 것을 보여주어야 한다. 그러한 삶이 응축되었을 때 비로소 나는 장애인에 대한 편견과 차별의식을 깨는 무디지 않은 도구가 될 수 있다.

　나의 행복은 이처럼 빈자칠시가 아니라 세상을 바꾸는 일곱 가지의 전술을 통해 이루어지고 있다. 돈과 명예도 아니고 열정도 아닌, 세상을 바꾸려는 사명감을 가졌기에 거기에서 행복을 느끼면서 지치지도 않고 싫증나지도 않는다. 오히려 주어진 시간이 짧고 내 능력의 한계가 속상할 뿐이다. 죽는 날까지 이 길로 향해 달려가다가 하늘이 부를 때 가는 것, 그것이 내 행복의 완성일 것이다.

고정욱 동화작가

고정욱은 성균관대학교 국문과와 대학원을 졸업한 문학박사이다. 어려서 소아마비를 앓은 그는 1급 지체 장애인으로 휠체어를 타지 않으면 움직일 수 없다. 하지만 장애인이 차별받지 않는 세상을 만들기 위해 많은 노력을 하고 있다. 최근에는 장애인을 소재로 한 동화를 많이 발표했다. 『아주 특별한 우리 형』, 『안내견 탄실이』, 『네 손가락의 피아니스트 희아의 일기』가 그 대표적인 작품이다. 특히 『가방 들어주는 아이』는 MBC 느낌표의 '책책책, 책을 읽읍시다'에 선정도서가 되기도 했다. 저서 가운데 23권의 인세로 나눔을 실천한 우리나라 최정상급 작가인 그의 책은 어린이와 어른의 꾸준한 사랑을 받아 180여 권의 저서를 300만 부 넘게 판매한 기록을 가지고 있다.

행복나눔
125

손 욱

감사나눔신문 고문,
한국형리더십개발원.이사장
(전) 농심회장

"모든 백성이 생업을 즐긴 지 30여 년!" 세종이 세상을 떠났을 때 온 백성들은 그렇게 통곡했다. 세종 때처럼 좋아하는 일을 즐기면서 사는 행복한 세상을 만들 수 없을까? 이런 생각으로 감사나눔신문사와 함께 행복나눔 125운동을 시작한 지 400일.

일주일에 한 가지 착한 일을 습관화하여 존경받는 나라를 만들고(一週一善行), 한 달에 두 권 독서를 통해 지혜로운 국민이 되고(一月二讀書), 하루에 다섯 가지 감사 일기를 쓰며 감사와 칭찬으로 행복한 사회를 이루면(一日五感謝) 한국은 품격 높은 나라가 되고 우리 모두 행복한 삶의 꿈을 이룰 수 있지 않을까 싶어 순진해 보이는 운동을 시작하며 가슴을 졸였다. 그러나 어느 날부터 하나둘 피어나는 행복 나눔의 불씨들을 보며 말이 씨가 되어 들불처럼 번져가는 모습에 나날이 행복하다. 행복 나눔 기사를 쓰다가 자신들도 모르게 행복 바이러스에 감염되어 스스로 행복해진 감사나눔신문사 사람들의 얘기보다 감동적인 스토리는 없을 것이다.

한 평범한 여성이 감사나눔신문사에 입사했다. 감사나눔신문

사는 만나는 사람마다 '감사'에 대해 이야기하는 사장과 교장 출신의 부사장, 싸움꾼이라 소문난 기자 출신의 편집국장, 큰 일간지의 부국장으로 퇴직한 편집주간, 대학과 기업에 출강하는 교수 및 연구소장 등 다양한 사람들이 있다. 별난 개성을 가진 구성원들 사이에서 그녀는 기가 죽었고 온갖 잡일을 도맡아 하며 중요한 일에는 제외되는 아웃사이더로 물러서 있을 수밖에 없었다.

행복나눔125를 실천하자는 회사 방침에 따라 그들은 한 달에 두 권의 책을 읽고 독서 토론을 하고, 한 주에 한 가지씩 착한 일을 하고 회의 때마다 서로가 한 착한 일에 대해 이야기를 나누고, 하루 다섯 가지씩 감사거리를 노트에 적고 홈페이지에 올려 공유했다. 처음 감사 일기를 쓰는 그녀에게 하루에 다섯 가지나 감사거리를 찾는 것이 쉽지 않았지만 숙제를 하는 느낌으로 쓰기 시작했다.

회사의 막내로서 맡겨지는 많은 잡무에 심신이 지쳐있던 그녀는 집안에서 엄마와 사사건건 부닥쳤다. 불만에 가득 찬 직장 스트레스를 엄마에게 모두 쏟았다. 그러던 어느 날, 그녀는 우연히 엄마의 핸드폰에 자신의 이름이 '싸가지'라고 저장되어 있는 것을 발견했다. 순간, 그녀는 화가 났다. '나처럼 착하고 예쁜 딸을 몰라보고 싸가지라는 우리 엄마는 가진 것에 감사할 줄 모르는 부정적인 엄마구나.' 그날 이후 그녀는 엄마를 바꾸기 위해 노력

했다. 그러나 엄마를 바꾸려고 노력하면 할수록 서로에 대한 갈등의 골은 더 깊어져 깊은 상처만 남길 뿐이었다. 엄마와 대화가 단절되고 회사에서도 어울리지 못하고 겉돌았다. 집에서는 '싸가지'로 회사에서는 '아웃사이더'로 그녀는 어느 곳에도 어울리지 못하는 미운 오리 새끼였다.

집안에서의 갈등에 지친 그녀는 독립을 선언하며 집을 뛰쳐나왔다. 홀로 서기를 시작한 그녀에게 삶의 변화가 절실했다. 그때 그녀에게 다가온 것이 '100감사'였다. 11월 초청 인사 특강에서 하루에 100가지의 감사거리를 억지로 쥐어짜서 쓰면 감사가 체질화되어 자신의 삶을 변화시킬 수 있다는 이야기를 듣고 이를 악물고 100감사에 도전했다. 힘들고 외로운 삶 속에서 그녀는 밤낮없이 감사거리를 찾기 시작했다. '날씨가 따뜻하여 감사합니다. 누군가를 도와줄 수 있어 감사합니다.'

처음 1일 5감사도 힘들어하던 그녀는 감사 노트를 가득 채울 만큼 점점 감사의 눈이 떠지기 시작했다. 그러면서 그녀에게 자신감과 용기가 생겼다. 항상 자신이 부족하고 사랑받지 못하는 미운 오리라는 생각에서 자신이 얼마나 소중한 사람인지를 깨닫고 모든 사람들이 그녀를 사랑하고 있다는 생각으로 바뀌어갔다. 그녀는 점점 웃는 일이 많아졌다. 회사에서 지시받은 일이 단순한 업무가 아니라 남을 도울 기회가 생긴 것이라 생각하고 감사

우린 얼마나 행복한가.
태어날 때부터 감사할 분을 갖고 있으니.

했다. 다른 사람의 일을 감사한 마음으로 도와주기 시작하자 주위 사람들이 점점 더 그녀를 도와주었다. 그녀에 대해 신경 쓰지 않던 사람들이 그녀의 과중한 업무를 염려했고 해결 방법을 찾기 시작했다. 그녀는 사람들의 달라진 모습에 놀라워하며 더욱 열심히 다른 사람들을 도울 일을 찾았다. 작은 업무도 회사에 꼭 필요한 일이라는 생각으로 감사하며 일하자 주변 사람들은 점점 더 그녀를 신뢰했다.

하루에 100감사를 쓰기 시작한 2개월 후, 그녀는 수백 명의 공무원들 앞에서 발표할 기회를 얻었다. 모두들 그녀가 회사의 대표가 되어 그곳에 선 것을 진심으로 기뻐하고 응원해 주었다. 그녀는 자신이 이곳에 설 수 있었던 것은 모두 감사의 힘이었다고 말하며 이것을 감사의 기적이라 말했다.

그녀는 항상 마음 한구석이 허전했다. 그것은 가족에 대한 그리움이었다. 그녀는 엄마에게 문자 메시지를 보내기 시작했다. "감사하는 사람들은 인생의 힘들고 비통한 기억 속에서도 기뻐하는 법을 배운다." "감사는 힘든 시기를 큰 상처 없이 잘 넘기게 해주며 삶을 오히려 풍성하게 만들어 준다." 감사에 대한 좋은 구절들을 찾아 엄마에게 보냈다. 그러나 매번 울리지 않는 휴대전화를 보며 실망하기 일쑤였다.

그러던 어느 날, 그녀는 커피숍에 앉아 커피를 좋아하는 엄마 생각에 문자 메시지를 보냈다.

"감사의 향기가 물씬 풍기는 오후입니다. 감사의 향으로 가득한 하루되세요." 딩동! 처음으로 엄마에게 답장이 왔다, 그녀는 벅찬 마음을 안고 문자 메시지를 확인했다.

"향은 무슨, 구린내만 난다." 그렇게 기다려온 엄마의 메시지 내용에 그녀는 좌절했다. 자신이 어떤 노력을 해도 엄마의 마음과 태도가 바뀌지 않는 데 절망했다. 가족과의 관계 회복을 체념한 그녀를 안타깝게 바라보던 사장은 그녀에게 엄마에 대한 100가지 감사거리를 적어보라고 권유했다. 하루에 100감사를 쓰던 그녀지만 한 사람에게 100감사를 쓴다는 것은 쉽게 받아들여지지 않았다. 망설이던 어느 날 굳은 결심을 하고 엄마에게 100감사를 써내려가기 시작했다.

"세상 빛을 보게 해주셔서 감사합니다. 엄마의 넘치는 사랑으로 올바르게 클 수 있어 감사합니다." 그녀는 엄마와 함께한 지난 날들을 돌이켜 보았다. 엄마에게 받은 것이 더 많음에도 그것은 기억하지 못하고 상처받은 자신만을 생각하며 엄마를 원망했던 날들과 자신의 지나친 행동과 거친 말들이 생각나기 시작했다. 엄마에게 했던 자신의 잘못들이 떠오르자 차오르는 눈시울을 붉히며 100감사를 단숨에 써내려갔다. 100감사를 모두 쓴 후, 그녀는 그 순간의 감사한 마음과 자신의 잘못을 엄마에게 전하고 싶었다. 자정을 넘긴 새벽이었다. 전화를 받은 엄마에게 그녀는 엄마에게 100감사를 썼다며 감사하다고 말했다. 그러자 엄마는 "너 나한테 감사한 게 그렇게 많니, 우리 딸 이제 철들었네"라며 그녀의 진심을 받아들였다.

온갖 부정적인 것들에 둘러싸여 보이지 않던 엄마의 사랑이 감사 쓰기를 함으로써 안개가 걷히듯 보이기 시작했고, 가족 간의 행복을 되찾은 그녀는 지금 엄마의 휴대전화에 '퍼스트레이디'로 저장되었다.

행복이란 것은 주어진 것에 감사하는 마음이다. 또한 자신에게 주어진 행복을 감사의 눈으로 발견하는 일이다. 행복나눔운동의 시작은 미약하나 끝은 창대하리라 믿는다.

손욱 감사나눔신문 고문, 한국형리더십개발원 이사장 (전) 농심회장

1967년 서울대학교 기계공학과를 졸업하고, 1975년 삼성전자에 입사한 이래 삼성SDI사장, 종합기술원장, 인력개발원장 등을 거치며 30년 넘게 삼성의 변화와 혁신을 주도했다. 과학기술훈장 혁신장(2001년), 3.1문화상 및 기술경영인상(2003년) 등을 수상했다.

또한 2003년 '제2회 닮고 싶고 되고 싶은 과학기술인'에 선정되었고, 2006년 '한국을 일으킨 엔지니어 60인', 2009년 '한국의 경영대가 30인' 중 1위로 선정되었다. 현재는 서울대학교 융합과학기술대학원 초빙교수로 기술경영을 전파하고 있다.

4

✤

미래, 준비하는 행복

앞으로의 행복한 삶을 위해 미래를 준비한다

늙으면서
아름다워지는
얼굴

이 승 하

중앙대 문예창작학과 교수

성형수술이 대유행이다. 외국인
들이 한국에 성형수술 관광을 하러 온다고 한다. 연예인들의 수
술은 당연하게 생각하고, 누구는 몇 번 이상 했느니 하는 말도 들
린다. 인터넷에 수술 전과 수술 후의 얼굴이 비교 게시된 것을 본
적이 있다. 많은 사람들이 완전히 달라진 연예인의 얼굴에 깜짝
놀라면서 성형수술의 위력에 새삼 감탄사를 터뜨렸을 것이다. 그
런데 과연 그렇게 고친 얼굴이 '미(美)'가 되고 우리를 행복하게
해줄 수 있을까? 얼굴을 수술로 젊게 보이게 만들었다고 해서 정
말 젊음을 되찾은 것일까?

5년째 허리 때문에 입원해 계신 장모님을 뵈었다. 생신이라 병
원 근처 식당에 휠체어로 모시고 가서 식사를 대접해 드리고 왔
다. 그런 연유로 노인분들이 주로 입원해 계신 요양 병원에 한 달
에 한 번은 가보게 된다. 아무리 의학이 발달해도 인간의 노쇠를
근본적으로 치료하거나 개선할 수는 없을 것이다. 보톡스나 지방
흡입수술도 임시방편이지, 젊음을 되찾게 해줄 수는 없다. 늙어
가는 것이 자연의 이치이거늘 우리는 이것을 부정하고 싶어한다.
'동안'에 대한 과도한 칭송이나 '어려 보인다', '젊어 보인다'는

말에 대해 과다하게 기뻐하는 현대 사회 풍조는 분명 잘못된 것이다.

오드리 헵번은 〈로마의 휴일〉 이후 '세계의 연인'이라는 별명으로 불리었다. 헵번이 나오는 영화를 중학생 시절, 즉 흑백텔레비전 시절 '주말의 명화' 시간에 많이 봤는데 '어쩜 세상에 저렇게 예쁜 여자가 다 있을까', 속으로 감탄사를 연발했다. 내가 한창 사춘기여서 헵번에게 푹 빠져 있었던 것일까? 꼭 그렇지만은 않았다. 할리우드에 늘씬한 몸매의 배우도 즐비하고 고혹적인 미녀 배우도 즐비하지만 '섹스어필'이 아닌, 청초하고 순결한 이미지는 오드리 헵번의 전매특허였고 바로 이 점에 매료되었기 때문일 것이다.

1929년 벨기에 브뤼셀에서 태어난 오드리 헵번의 유년기는 그다지 행복하지 못했다. 부모가 일찍 이혼했고, 네덜란드에서 어머니와 살던 어린 시절에 제2차 세계대전이 일어나 독일군이 마을을 점령했다. 헵번은 전쟁의 공포 속에 우울증과 영양실조에 시달렸다.

미국 아카데미상 역사상 데뷔작으로 아카데미 여우주연상을 수상한 배우가 또 있을까? 1953년 24세 때 찍은 〈로마의 휴일〉로 그녀는 아카데미상 여우주연상 외에도 뉴욕비평가협회상 여우주연상과 영국 아카데미상 여우주연상을 받았다. 한 편의 영화로 스타덤에 오른 뒤 후속타 불발로 사라지는 배우도 많지만 오드리 헵번은 연기력도 쌓아가며 '세계의 연인'이라는 별명도 얻고 또 그렇게 된다. 〈사브리나〉, 〈전쟁과 평화〉, 〈하오의 연정〉, 〈티파니에서 아침을〉, 〈마이 페어 레이디〉, 〈어두워질 때까지〉, 〈로빈과 마리안〉 등 대표작도 부지기수이고, 〈녹색의 장원〉으로 뉴욕비평가협회상 여우주연상, 산세바스티안국제영화제 여우주연상, 영국 아카데미상 여우주연상을 받았다. 〈샤레이드〉로 영국 아카데미상 여우주연상을 또 받았고, 노년인 1990년에 골든글러브상 평생공로상을 받았다. 상복도 아주 많은 배우였다. 하지만 결혼 생활은 별로 행복하지 못했다.

그녀는 〈로마의 휴일〉로 스타덤에 오른 지 1년 만에 영화배우 멜 퍼러와 전격적으로 결혼식을 올렸다. 결혼 당시 오드리 헵번은 25세였으며 배우자 멜 퍼러는 이 결혼이 세 번째였고 오드리 헵번보다 열두 살이 많았다. 멜 퍼러는 배우이기도 했지만 제작자였고 프로듀서, 감독이기도 했다. 오드리 헵번은 멜 퍼러와의 사이에 아들 숀을 얻었고 멜 퍼러가 제작하거나 연출하는 작품에 출연하기도 하였다. 그러나 그들의 14년 결혼 생활은 그다지 행복하지 못했다. 같은 분야에서 일하는 부부 사이에서 종종 발생하는 열등감이 두 사람을 힘들게 했다. 멜 퍼러 자신도 유명한 영화배우였지만 아내의 눈부신 명성 앞에서 늘 기가 죽었다. 여기에다 매력적인 남자였던 멜 퍼러가 외도의 유혹을 뿌리칠 수 없었다는 점도 부부 생활에 문제가 되었다. 결국 그들은 1968년에 이혼하였다.

이혼의 충격을 달래준 것은 친구 사이였던 이탈리아의 정신과 의사 안드레아 도티였다. 그녀보다 아홉 살 연하였던 도티는 멜 퍼러와 이혼한 뒤 비탄에 잠겨 있는 오드리 헵번과 그녀의 아들 숀을 헌신적으로 돌보았다. 둘 사이에서 사랑이 싹트는 것은 어렵지 않은 일이었다. 어머니와 단출하게 살아온 헵번에게 도티의 따뜻한 가족과 친척들은 새로운 세계였다. 이듬해 헵번은 스위스에서 안드레아 도티와 결혼식을 올리고 로마에서 신혼 생활을 시작했다. 그와 동시에 그녀는 배우로서의 삶을 접고 평범한 가정주부로 돌아가려고 했다. 그러나 이것은 오드리 헵번의 오산이었다. 〈로마의 휴일〉에서 아름답게 빛나던 오드리 헵번을 사랑했던 도티는 그녀가 평범한 아내로 머무는 것을 바라지 않았다. 도티는 평범한 여인 오드리가 아니라 배우 오드리 헵번을 사랑했던 것이다. 도티와의 사이에 아들 루카가 태어났다. 그러나 이 결혼 역시 오드리 헵번에게는 행복을 가져다주지 못했다. 안드레아 도티는 이탈리아 남자답게 다른 여성과 쉽게 어울렸고 그의 외도는

오래 숙성된 와인에게서 맡을 수 있는
그윽한 행복의 향기를 사람에게서도 맡을 수 있다면
정녕 행복할 것이다.

번번이 가십 기사로 다루어졌다. 결국 도티와의 결혼 생활도 1979년 이혼으로 막을 내리고 말았다. 두 남편과 모두 외도 때문에 이혼했다는 점에서는 오드리 헵번의 결혼 생활은 매우 불행하였다.

이혼 후 오드리 헵번은 소울 메이트인 로버트 월더스를 만나지만 다시는 결혼하지 않는다. 월더스는 오드리 헵번을 만난 이후 그녀의 구호 활동을 도왔으며 그녀가 죽는 순간까지 곁을 지켰다.

그녀는 연기상 외에 특별한 상을 60대에 들어서서 받는다. 1993년 제55회 아카데미 시상식에서 '진허숄트 박애상'을 받게 되었는데 병중이라 시상식에는 참가하지 못한다. 그녀 인생의 마지막 행로는 배우가 아니라 유니세프 홍보대사였고, 그 공로를 인정받아 '박애상'을 받은 것이다. 할리우드 배우 중 이런 상을 받은 이가 또 있을까? 오드리 헵번이 유일한 것 같다.

유니세프 홍보대사로서 헵번이 무슨 대단한 활동을 한 것은 아니다. 하지만 편안하게 노후를 보낼 수 있었던 그녀가 아프리카 오지를 돌아다녔다는 것 자체가 대단한 일이 아닌가. 특히 늙어서 쪼글쪼글해진 얼굴이 언론에 노출되는 것을 조금도 두려워하지 않고 아프리카의 굶어 죽어가는 아이들을 우리 스스로 십시일반으로 돕자고 말하며 떨쳐 일어난 오드리 헵번의 주름진 얼굴이 젊은 날의 얼굴보다 더욱 아름답게 느껴진다. 병이 찾아오기 전,

그녀의 60대는 몸이 좀 고달팠지만 마음은 행복한 나날이었다. 남을 위해 봉사하고 희생하는 데서 오는 즐거움을 만끽했으니 말이다. 헵번은 1993년 1월 20일, 대장암에 걸려 64세를 일기로 생을 마쳤다.

"어린이 한 명을 구하는 것은 축복입니다. 어린이 백만 명을 구하는 것은 신이 주신 기회입니다."

오드리 헵번의 이 말은 전 세계 신문을 장식한 헤드라인이 되었고 그녀가 영화에서 했던 어떤 대사보다 아름다운 말로 뽑혔다.

나도 노후의 내 쭈글쭈글해진 얼굴이 부끄럽지 않아야 할 터인데…… 오드리 헵번의 얼굴을 보면 '미모'라는 것이 얼마나 덧없는 것인가와 함께, 화장술이 얼마나 대단한 요술인지를 알게 된다. 아울러 60세 이후가 되면 자신의 얼굴을 무엇으로 가꿔야 하는지를 깨닫게 된다. 나도 성형수술과 과도한 치장으로 젊게 보이려 하느니 그 돈과 시간으로 남을 위해 살아야 할 텐데, 과연 그렇게 할지 모르겠다. 나 자신의 얼굴에 신경을 쓰는 동안에는 행복을 못 느끼겠지만 봉사의 나날을 살아간다면 행복을 느낄 것이 틀림없으리. 사람이 자신만의 이익과 욕망을 위해 살아가면 노년의 얼굴에 정확하게 나타난다고 믿는다.

늙어서 오히려 아름다운 얼굴을 지녀야 할 터인데, 걱정이다.

"어린이 한 명을 구하는 것은 축복입니다.
어린이 백만 명을 구하는 것은
신이 주신 기회입니다."

헵번은 사후 십수 년이 지난 2006년, 영국의 대표적인 일간지 〈데일리 미러〉가 선정하는 '세월이 흘러도 가장 아름다운 여인' 1위가 되기도 하였는데 말이다.

이승하 중앙대 문예창작학과 교수
1984년 중앙일보 신춘문예로 등단하였다.
『인간의 마을에 밤이 온다』, 『공포와 전율의 나날』, 『천상의 바람, 지상의 길』등의 시집을 출간했다.
시론집으로는 『세속과 초월 사이에서』, 『세계를 매혹시킨 불멸의 시인들』, 『한국문학의 역사의식』 등이 있다.

돈과
행복이
무관하려면

손 석 춘

새로운사회를여는연구원 이사장

지금 나는 행복한가? 자신에게 조용히 물어볼 때가 있다. 그 절실한 물음에 답하기란 쉽지 않다. 당연히 행복이란 무엇인가부터 찬찬히 짚어야 한다. 기실 '진정한 행복'은 언젠가 죽음을 맞을 수밖에 없는 존재로선 관심이 갈 수밖에 없는 주제다.

실제로 인류의 역사를 돌아보면 내로라 하는 철학자들이 저마다 행복론을 폈다. 서양 고대 철학을 집대성한 아리스토텔레스는 인간의 덕을 고갱이로 행복론을 폈지만, 중세 철학을 상징하는 아우구스티누스에게 행복은 신 없이 가당하지 않았다. 서양의 사유 구조와 동양의 성찰은 행복을 바라보는 데도 차이가 크다. 불교에서 행복은 비움에 있다. 붓다 자신이 왕궁의 호사스러움과 과감히 결별했다. 자기 자신의 실체까지 넘어서는 데 불교의 행복론이 있다.

들머리에 굳이 동서양을 넘나들며 여러 행복론이 펼쳐진 사실을 적시하는 이유는 분명하다. 철학자들의 수만큼 행복의 정의가 다를 수 있다는 진실을 있는 그대로 나누고 싶어서다.

그래서다. 행복이란 무엇인가를 생각할 때, 차라리 언어적 약속에서 출발하고 싶다. 사전적 의미가 그것이다. 우리 국어사전에 따르면 행복은 "생활에서 충분한 만족과 기쁨을 느끼어 흐뭇함. 또는 그러한 상태"다. 충분히 뜻이 다가오지만 그래도 정확한 파악을 위해 사전을 더 찾아보자. '만족'은 무엇일까. "마음에 흡족함. 모자람이 없이 충분하고 넉넉함"이다. '기쁨'은 "욕구가 충족되었을 때의 즐거운 마음이나 느낌"이고, '흐뭇하다'는 "마음에 흡족하여 매우 만족스럽다"로 풀이되어 있다.

비단 국어사전만이 아니다. 영어사전과 영영사전을 꼼꼼히 살펴도 마찬가지다. 'happy'는 "행복한, 기쁜, 반가운, 즐거운, 만족한"의 의미를 두루 담고 있다.

사전적 의미는 얼핏 진부해 보이지만 새길수록 새롭다. 무릇 행복은 어떤 철학적 사유나 종교적 신념 이전에 사전이 풀이한 그대로 '생활'에서 느낌으로 다가와야 한다. 생활을 무시한 행복론은 미사여구나 관념론으로 전락하기 십상이다. 그 말은 철학과 종교를 무시하자는 게 결코 아니다. 정반대다. 철학과 종교가 행복의 담론을 우리의 일상생활에서 풀어가야 옳다는 뜻이다.

내게도 '행복'이란 말이 처음 절실하게 다가온 계기는 '생활'이었다. 충청북도 충주에서 초등학교를 다니던 나는 열 살 때 부모를 따라 서울로 옮겨왔다. 이사한 뒤부터 충주에서 학교를 다닐 때와 달리 '생활에서 충분한 만족'을 느끼지 못하는 상황과

직면했다. 무엇보다 경제적 이유였다. 아버지는 출퇴근하며 월급을 가져오는 일터에 계시지 못했다. 거의 대부분의 평생을 객지로 전전하셨다. 어머니는 방이 많은 집을 전세로 빌려 하숙으로 생활비를 보탰다.

오남매는 물론, 여남은 명의 하숙생들을 혼자 다 책임지면서 어머니의 입술은 늘 부르터 피딱지가 맺혔다. 지금도 눈을 감으면 검푸른 딱지 맺힌 얼굴이 선명하게 떠오른다. 가족 생활비가 언제나 부족해 애면글면 고심하는 어머니의 모습을 볼 때마다 가슴이 아팠다. 치맛바람이 광풍처럼 불던 1960년대 후반과 70년대 초의 초등학교 교실에서 나는 담임선생님으로부터 부당하게 '차별' 받고 있다는 쓰라린 경험을 곰비임비 겪었다. 졸업식을 앞두고 교실에서 각자 자기 꿈을 발표하는 순간이 왔을 때 돈 문제를 주제로 삼은 까닭도 선생님을 의식해서였다.

"사람 낳고 돈 낳지 돈 낳고 사람 나지 않았습니다." 그 시절의 썰렁한 유행어로 시작한 나의 꿈 발표에 몹시 시끄럽던 초등학교 교실이 도근거리는 내 심장소리가 들릴 만큼 갑작스레 고요해졌던 기억이 생생하다. 열두 살의 나는 이어 약속했다. "돈 때문에 행복하지 못한 사람들이 없도록 가난한 사람들을 위해 살겠습니다."

그랬다. 그때 소년이던 나는 언제나 가족과 떨어져 살 수밖에 없었던 아버지와 집에서 함께 살면 참 행복하리라고 생각했다.

우리 집이 하숙을 하지 않고 가족끼리 살면 얼마나 행복할까 상상했다. 어머니가 형과 누나의 학비 걱정 없이 좋아하는 음식을 편히 드실 수 있으면 정말 행복할 성싶었다.

더구나 나보다 세 살 위인 누나가 열다섯 살에 몹쓸 병에 걸려 세상을 떴다. 쌓여가는 치료비 탓이었을까. 낡은 집 둘레의 한 모서리에서 남 몰래 하염없이 눈물을 흘리시던 어머니를 발견했던 기억도 새롭다. 가족이 아플 때 마음 놓고 병원에서 치료 받을 수 있다면 불행하지 않으리라고 생각했다.

그늘이 짙었던 그 시절에서 어느새 많은 세월이 흘렀다. 50대에 이른 내게 소년 시절의 감성은 살아 있다. 아니, 정말이지 벗어나고 싶을 만큼 강력하다. 가령 나는 지금도 나를 위해 돈을 쓰는데 몹시 서툴다. 운전을 배울 생각이 아예 없었고 당연히 자동차도 없다. 여기저기 강연을 가면서도 고속열차나 우등고속 표를 끊지 않았다. 그 길에서 홀로 밥을 먹게 될 때 가장 많이 찾는 곳은 저렴한 김밥을 먹을 수 있는 분식집이다. 구멍 난 양말을 신는데도 마음에 아무런 저항감이 없다. 이제는 궁상을 떨 이유가 없는 데도 그게 익숙하고 편하다.

지금까지 살아오며 돈을 선택의 잣대로 삼아온 것은 전혀 아니다. 기자 초기에 언론사 가운데 가장 월급을 많이 주는 곳에 몸담았지만, 그 신문사가 가난한 사람들의 삶을 결코 대변하지 못하

인간의 품격을 보장하기 위한 최소한의 복지를
실현하지 않고서 개인에게 행복을 추구하라고 하는 것은
국가라는 사회조직의 직무유기다.

고 앞으로도 그리리라고 최종 판단했을 때 주저 없이 신문사 사주를 공개적으로 비판하는 글을 썼다. 새로 창간된 신문사로 옮겨 갔을 때 월급은 절반으로 줄어들었지만 마음은 편했다. 그나마 그곳도 나와 맨손으로 새로운 사회를 열어갈 정책을 마련하는 연구원을 차렸다.

다시 들머리로 돌아가 물어본다. 나는 행복한가? 고백하거니와 확신이 없다. 어쩌면 인간에게 행복은 주관적이거나 일시적이라는 예단 때문인지도 모르겠다. 철학자들의 수만큼 행복의 정의는 얼마든지 다를 수 있다며 행복의 사전적 언약에서 논의를 출발한 까닭이기도 하다.

행복의 느낌이 사람마다 달라 주관적일 수밖에 없다면, 행복이 생활과 유리된 채 논의되는 게 아니라면, 우리가 함께 할 수 있는 일은 행복을 정의하는 게 아니라 행복의 조건을 만드는 데 있지 않을까?

행복의 조건, 그것은 한 사회의 모든 구성원에게 사람으로서 품격을 잃지 않을 정도의 기본 생활을 제도적으로 보장하는 데 있다. 초등학교 시절에서 40여 년이 흘렀지만 지금도 우리 사회에는 생존권을 위협받는 사람들이 많다. 바로 그렇기에 나는 돈과 행복이 무관하다는 식의 윤똑똑이들 담론에 동의하지 않는다. 아니, 울뚝밸마저 치솟는다.

이를테면 연초에 한 신문이 여러 나라에 동시에 진행한 설문조사에서 "돈과 행복이 무관하다"고 답한 한국인이 겨우 7.2퍼센트로 나타난 사실을 두고 적잖은 지식인들이 한국인의 '재물에 대한 끝없는 집착'을 개탄했다. 1인당 GDP 2만 달러, 세계 경제규모 13위인 나라에서 '돈의 잣대'로만 행복을 바라보는 사람들을 냉소하기도 했다.

하지만 과연 그럴까. 1인당 국민소득이 2만 달러이지만 자살률이 경제협력개발기구(OECD) 가운데 1위인 사실을 더 주목해야 옳다. 게다가 출산율은 198개국 가운데 198위를 기록했다. 그 간단한 사실은 무엇을 뜻하는가. 우리가 새로운 생명을 불러오기를 가장 꺼리고, 스스로 목숨을 끊고 싶은 사람은 가장 많은 사회에서 숨 쉬고 있다는 뜻이다.

돈에 집착하는 이유도 명쾌하지 않은가. 국가와 사회 전반에 걸쳐 복지가 갖춰지지 않았기 때문이다. 가장이 실직하면 곧장 가족의 생존이 위협받는 사회에서 과연 누가 돈에 집착하지 않을 수 있겠는가.

무릇 자기실현은 저마다 다르게 마련이다. 자기실현을 이뤄가는 길이 행복의 길이라고 상정한다면, 행복을 보편적으로 정의내리는 일은 바람직하지 않다. 이념적 독재로 흐르기 십상이다. 하지만 개개인이 자기실현을 이뤄나갈 수 있는 바탕과 행복의 길을 개개인이 걸어갈 수 있도록 여건을 갖추는 일은 얼마든지 보편적 합의가 가능하다. 복지국가가 그것이다.

물론 우리 사회에서 '복지'는 아직 낯설다. 더러 진부하게 들리기도 하지만 사전적 의미를 짚어보면 새롭다. 복지의 국어사전 풀이는 '행복한 삶'이다. 국가 구성원의 행복한 삶을 목표로 삼는 나라가 복지국가다. 돈이 사람들의 삶을 옥죄며 자기실현을 가로막는 사회에서 개개인이 자유롭게 행복을 추구하기란 쉽지 않은 일이다. 비단 가난한 사람들의 행복을 두고 하는 말이 아니다. 더 많은 돈을 벌고 싶은 탐욕으로 자신이 고용한 사람들의 행복을 유린하는 부유층의 삶이 과연 행복할 수 있을까? 일찍이 플라톤은 "부자는 선량할 수 없다. 선량하지 못하면 행복할 수 없다"고 말했다. 플라톤에게 행복은 무엇이었을까. "남을 행복하게 할 수 있는 자만이 또한 행복을 얻는다"는 경구를 남겼다.

따라서 돈과 행복이 무관하길 진정으로 바란다면, 무관하다고 생각하는 사람들의 비율이 세계적으로 최하위인 사실이 부끄럽다면, 그 사람이 할 일은 혀를 차는 개탄이나 도덕적 설교가 아니다. 유럽에 견주어 복지 제도가 빈약하고 동남아시아 국가들에 견주어 이웃과의 연대도 시나브로 사라진 사회를 새롭게 만들어가는 데 벅벅이 나서야 옳다.

사회 구성원 개개인이 자유롭고 평등하게 자신의 인생을 열어

갈 수 있도록 제도적 기반을 만들어 놓는 일, 바로 그것이 최대한 많은 사람이 행복하게 살 수 있는 길이다. 돌이켜보면, 더 많은 사람이 그 길을 걸어가는 데 나의 뭉툭한 글이 조금이나마 기여하고 있다는 느낌이 올 때 나는 행복했다. 소년 시절부터 지금까지 내 가슴 깊은 곳을 흐르는 강물이라 해도 좋다.

행복을 바라는 나의 꿈은 소박하다. 내가 이 세상을 떠나기 전에 이 땅에서도 국민의 행복한 삶을 최우선으로 내건 정치인이 대통령으로 일하는 풍경을 보고 싶다. 모든 사람이 행복의 조건을 갖추고 자유롭게 행복을 추구해나가는 사회를 만들어가는 데에, 그 길을 함께 걷는 데에, 열 살 때의 내 행복이 있었듯이 지천명을 넘은 나의 행복도 거기에 있다. 그래서 망설임 없이 힘주어 쓸 수 있다. 적어도 지금 이 순간, 나는 행복하다.

손석춘 새로운사회를여는연구원 이사장

동아일보에서 기자로, 한겨레에서 논설위원으로 재직했다. 현재 새로운사회를여는연구원 이사장이자 건국대 겸임교수로 일하고 있다. 언론학 박사이며, 민주언론상, 통일언론상, 한국언론상, 한국기자상, 안종필자유언론상을 받았다. EBS TV에서 〈톨레랑스〉를 진행했다. 지은 책으로 『주권혁명』, 『신문읽기의 혁명 1, 2』, 『순수에게』, 『민주주의 색깔을 묻는다』와 장편소설 『아름다운 집』, 『유령의 사랑』, 『마흔아홉 통의 편지』가 있다.

아름다운
삶을
위하여

김병준
변호사

♫   누구나 한번쯤은 살아가면서
'나는 누구인가 ? 나는 왜 사는가 ? ' 라는 생각을 해보았을 것이다.
 나도 지금까지 살아오면서 대략 세 번 정도 이런 질문에 대해
서 진지한 고민과 사색을 해 본 적이 있다.

 첫 번째는 대학 시절이었다. 대학생활 내내 이런 고민과 질문
은 뇌리에서 떠나지 않았고 때론 답답함에, 때론 방황 속에서 시
간을 보내기도 했다. 결국 대학 졸업 무렵 어렴풋이 이런 질문에
대한 나름대로의 해답을 얻었다. 즉, 내가 누구인지 고민하지 말
자. 태어나고 싶어서 태어난 사람은 아무도 없다. 허나 내 의지에
의해서 태어난 것은 아니지만, 내 앞에 주어진 삶과 인생은 내 것
이므로 내 의지대로 살아가자. 내가 죽으면 나의 가족, 친구 등
주위의 다른 사람이 내가 누구인지를 알려 줄 것이므로, 내가 누
구인지를 고민하기보다는 내가 왜 사는지 어떻게 살아야 하는지
를 고민하자. 사람은 왜 사는가, 어떻게 살아가야 하는가에 대해
내가 얻는 해답은, 사람은 행복하게 살다가 행복하게 죽어야 한
다는 것이었다. 이런 해답이 나오자 '행복하게 살다가 행복하게

일단 뛰어내렸다면 낙하산을 멨든 안 멨든 **현재를 즐기는 수밖에** 없다.

죽으려면 어떻게 살아야 하는가?' 라는 또 다른 의문이 들었다. 삶 자체는 도전과 선택의 연속이지 않은가? 도전과 선택의 기로에서 나에게 가장 최선의 방법은 무엇인가? 내가 가진 개인의 능력, 내가 어찌할 수 없는 환경과 조건하에서 내가 가진 능력으로 선택할 수 있는 것 중에서 내가 가장 하고 싶은 것을 찾아서 지금 이 순간 최선을 다해 살아가는 것이야말로 가장 행복하게 살다가, 행복하게 죽는 것이 아닌가. 나는 대학 시절을 이런 의문과 궁금함 속에서 치열하고도 뜨겁게 보냈다.

두 번째는 내가 직장 생활을 하던 20대 후반이었다. 그동안 평범한 생활 속에서 평온한 생활을 해왔던 내게 뜻하지 않는 깊은 시련이 닥쳤다. 친동생이 25살 젊은 나이에 백혈병으로 죽은 것이다. 내게는 너무나 큰 충격이었다. 동생은 죽기 바로 전날 너무나도 살고 싶어 했다. 제대로 피어 보지도 못하고 시들어버리니 얼마나 삶에 대한 미련이 많았겠는가. 삶이 허무했다. 내게도 저런 불행이 닥치지 말라는 법이 있겠는가? 생각이 여기에 미치자, 삶의 희망도 의지도 사라져 버렸다. 그때부터 나의 방황은 시작되었다. 그 이듬해 아버지가 돌아가시면서 나의 방황은 끝이 났다. 나는 지금 행복한가? 아니다. 왜 행복하지 않은가? 내가 진정 하고 싶은 일을 하고 있지 않기 때문이다. 그럼 내가 진정 하고 싶은 일은 무엇인가? 내게 갑작스러운 불행이 닥치더라도 삶의 미련을 버리고 행복하게 떠날 수 있는 길은 무엇인가? 진정 내가 그동안 살아오면서 미련이 있었던 것이 무엇이고, 진정 하고 싶었던 것이 무엇인가? 나는 다니던 직장에 사표를 냈다. 30살에 사법시험 공부를 시작했다. 나는 행복했다. 합격하지 못하더라도 후회는 없을 것이고, 행복하게 살았다고 말할 수 있을 것 같았다. 나는 5년 만에 합격했다.

세 번째는 40대 중반 무렵이다. 나는 결혼했다. 40살에 아이도 낳았다. 우연히 TV에 출연하면서 유명한 변호사가 되었다. 그동안의 내 삶에 큰 미련도 없고, 후회도 없이 만족스러운 것 같았다. 그러나 그동안 난 앞만 보면서 너무 바삐 살아오지 않았는가? 치열한 경쟁 속에서 승자 독식을 해오지 않았는가? 누구나 부모가 되기는 쉬워도 좋은 부모가 되기는 어렵다는 것을 깨달았다. 내 아들도 나와 같은 삶을 살기를 바라는가? 아니다. 그럼 아이를 진정 행복하게 키우는 길은 무엇인가? '행복' 이라는 말이 추상적이고 상대적이라 사람에 따라서 다른 의미를 가질 수는 있지만 불변의 정의는 있지 않겠는가? 나는 이때 다시 한번 내가 앞으로 어떻게 살아야 행복하게 살아가고, 우리 아이에게도 행복하게 살아가는 법을 가르쳐 줄 수 있는지에 대해서 고민하기 시

진정한 꿈을 향해
치열하게 도전하는 과정도 또한 행복이다.

작했다. 이미 동서고금의 많은 현인들이 행복에 대해서 설파한 것을 접하게 되었다.

그리스의 철학자 에피쿠로스는 사람이 살아가는 궁극적인 목적은 행복이고, 행복이란 마음에 동요와 갈등이 없는 고요한 상태라고 정의하였다. 그러면서 사람이 마음의 평정을 얻는 방법을 제시하였다. 즉 행복의 값은 자신이 성취한 것을 자신의 욕망으로 나눈 것(행복의 값 = 성취 / 욕망)인데, 욕망이란 것은 본디 무한하여 아무리 많은 것을 성취해도 행복의 값은 영이 되어 전혀 행복을 느끼지 못한다. 그러므로 욕망을 유한하게 줄이는 것만이 행복에 이르는 지름길이라고 하였다.

플라톤 역시 행복의 다섯 가지 조건을 제시하였다. 재산은 먹고 살기에 조금 부족하고, 외모는 모든 사람이 칭찬하기에는 떨어지며, 명예는 자신의 생각보다 절반밖에 인정받지 못하고, 체력은 남과 겨루었을 때 한 사람에게는 이기되 두 사람에게는 지며, 말솜씨는 연설을 할 때 청중의 절반 정도가 박수를 치면 만족하라고 하였는데, 이 다섯 가지 조건의 공통점은 바로 '부족함'이다.

에피크루스와 플라톤은 모두 행복의 조건으로 부족함을 제시하였고, 이는 우리가 자라면서 어른들로부터 들었던 욕심을 버리라는 말과도 같은 것이다.

나는 나의 앞으로의 삶과 내 아이가 아름다운 삶(행복)을 살기 위해서 다섯 가지를 제시한다. 첫째 직업을 가져야 한다. 직업은 자기의 재능 중에서 가장 잘할 수 있는 것, 즉 특기를 직업화해서 살아가기를 바란다. 둘째, 혼자서 또는 가족끼리 여행을 많이 다니기를 바란다. 여행을 통해 낯선 곳에서 낯선 사람을 만나며 많은 것을 깨닫고 배울 것이다. 셋째, 외국어 하나 정도는 하기를 바란다. 외국어는 의사소통의 도구 이상의 의미를 가지며, 한 사람의 언어의 한계는 그 사람의 세계의 한계라고 하지 않는가. 외국어를 배우는 것은 자기가 볼 수 있는 세계의 지평을 넓히는 과정이고 선택의 폭을 넓히는 것이다. 넷째, 운동을 하나 정도는 꾸준히 하기를 바란다. 몸이 건강해야 의욕이 생기지 않는가. 다섯째, 신앙 생활을 하는 것이 종교가 없는 것보다는 낫다. 물을 정수기로 정화하듯이 사람의 내면 세계를 변화시키는 힘은 절대적 존재에 대한 믿음, 종교가 큰 힘이 될 것이다.

'행복' 이란, '진짜 행복' 이란 사람에 따라, 나이에 따라 다를 것이다. 그러나 많은 사람들은 삶의 목적과 수단을 혼동함으로써, 또 다른 사람과의 비교를 통해서 자신의 행복 지수를 측정함으로써 상대적 불행감, 상대적 박탈감을 느끼게 되는 것이 아닌가. 자신이 남보다 낫다고 생각하면 자만심이 생기고, 자신이 남

부족함을 받아들이는 능력이
행복에 다가서는 능력이다.

보다도 못하다고 생각하면 열등감이 생기며, 자신이 남과 같다고 생각하면 경쟁심이 생긴다고 한다. 사람은 다른 사람과의 비교가 아니라 스스로 존재하는 그 자체로서 귀중하고 소중하다. 자신의 재능을 이 사회에, 주위 사람들에게 베풀면서 살아가는 것이 진짜 행복일 것이다. 그러려면 먼저 욕심을 내려놓아야 한다.

김병준 변호사

성균관대학교 법학과를 졸업하고 39회 사법 시험에 합격했다. 서울특별시 선거 관리 위원회 위원으로 일했으며, 현재는 김병준 법률 사무소 대표 변호사로 서울특별시 법률 고문, 서울도시철도공사 법률 고문을 맡은 바 있으며, SBS 〈TV로펌 솔로몬의 선택〉 등 다수의 방송 활동을 한 바 있다. 지은 책으로『행복할 수 없다면 절대 이혼하지 마라』가 있다.

정년 후의
80,000시간

강창희

미래에셋 투자교육연구소장

1 　　　　　　　　　우리는 현재의 행복도 즐겨야 하지만 앞으로의 행복도 즐겨야 한다. 나는 미래의 행복에 대해 말하고자 한다. 요즘 직장인들의 가장 큰 관심사 중 하나는 노후 대비다. 평균 수명은 늘어난 데 비해 명예퇴직 등으로 직장을 떠나야 하는 시기는 빨라지고 있기 때문이다. 그런데 직장인들의 노후 설계에 대한 관심사는 노후 자금 마련에 집중돼 있는 것 같다. 그 때문인지 노후 자금을 마련하겠다고 무리하게 부동산이나 주식·선물 등에 투자했다가 실패를 하는 사례도 많이 나타나고 있다. 그러나 노후 설계를 할 때 노후 자금 못지않게 중요한 것이 있다. 정년퇴직 후 30년 넘는 인생 후반을 무슨 일을 하면서 보낼 것인가 하는 것이다.

우리가 60세에 정년퇴직을 한다고 가정해보자. 아마도 우리나라에서 교사와 공무원 등을 제외하면 60세 정년퇴직이 보장된 사람은 거의 없을 것이다. 40대 중반밖에 안 된 업계 후배들이 명예퇴직을 했다면서 직장을 알선해달라고 찾아올 정도이다. 어쨌든 60세에 정년퇴직을 하고 우리나라 평균수명인 80세까지만 산다고 해도 정년 후의 인생은 20년이다.

하루는 24시간인데, 한창 때는 그 24시간이 너무 짧다. 일하고 술 마시고 친구 만나고 연애하다 보면 하루가 100시간이라도 모자랄 지경이다. 그런데 막상 정년퇴직을 하고 나면 그렇게 바쁘던 시간이 잘 가지를 않는다. 잠자는 시간, 식사하는 시간, 화장실 가는 시간 등등을 다 빼더라도 하루에 11시간 정도 남는다.

얼마 전 어느 대기업에서 정년퇴직을 앞둔 직원 부부를 불러 정년퇴직 준비 교육을 시켰다.

강사는 정년퇴직 후의 하루, 일주일, 한 달 동안의 일과를 예상해서 계획표를 만들어보라고 하였다. 한 직원은 어떻게 계획을 세울까 고민하다 옆에 앉아 있는 아내는 어떻게 쓰는지 훔쳐봤다. "아침에 일어나서 밥하고 청소하고 빨래하고 슈퍼마켓 갔다가 친구 모임 갔다가 딸네 집 갔다가……" 직원의 부인은 이렇게 줄줄 써 내려갔다. 그런데 막상 그 직원은 오전 10시까지의 계획을 써놓고 나니 더 이상 쓸 내용이 없었다. 아마 대부분의 직장인이 이와 비슷할 것이다.

하루 여유 시간이 11시간 정도이면 20년의 여유 시간은 약 80,000시간(11시간×365일×20년)이다. 현재 우리나라 직장인들의 연평균 근로 시간이 2,256시간이니까, 정년 후에 현역이 36년 동안 일할 시간을 갖는 것이다.

그런데 평균수명은 지금 태어난 아이가 일반적으로 몇 년 사는

가를 말하는 것이다. 따라서 60세까지 산 사람이라면 실제 수명은 그보다 훨씬 더 길어질 가능성이 크다.

연초 고려대학교 박유성 교수가 '연령대별 100세 도달 가능성'에 대해 연구한 결과에 의하면, 1945년생 생존자 중에서 100세까지 살 가능성은 남자가 23.4퍼센트, 여자가 32.3퍼센트라고 한다. 또한, 1958년생 생존자 중 남자는 43.6퍼센트, 여자는 48퍼센트, 즉 절반 가까이가 97세까지 살 수 있을 것이라고 한다. 특별한 사고를 당하거나 질병에 걸리는 일만 없다면 100세까지 산다는 것을 전제로 노후 설계를 하지 않으면 안 된다는 뜻이다. 100세 인생을 전제로 한다면 퇴직 후의 인생은 40년이고 이 기간은 현역 시절의 72년에 해당한다는 결론이 나온다.

우리보다 먼저 이런 고령 사회를 경험한 선진국의 직장인들은 현역 시절부터 인생 후반 설계에 대해 많은 관심을 갖고 준비한다. 정년퇴직 후의 30~40년 동안을 좀 더 돈을 벌기 위한 인생을 살 것인가, 자기 실현을 위한 인생을 살 것인가, 사회 환원적인 인생을 살 것인가, 아니면 이 세 가지를 병행해가며 살 것인가에 대해 진지하게 생각하고 준비를 하는 것이다.

우선, 노후 생활 자금이 충분치 않다고 생각하는 사람은 체면을 버리고, 허드렛일에 가까운 일자리라도 찾는다.

개인적인 경험이지만, 1975년 신입사원 시절에 일본 도쿄의 증권업계에 파견되어 업무 연수를 받은 일이 있다. 연수 스케줄 중에 증권거래소 지하에 있는 증권 보관 창고를 견학하는 코스가 있었다. 창고 안에 들어가 보고 깜짝 놀라지 않을 수 없었다. 70세 정도는 되었을 것 같은 노인들 수십 명이 둘러앉아서 증권을 세고 있었기 때문이다. 젊었을 때는 다들 한자리했던 분들이라는데, 당시 시간당 500엔(약 6,000원) 정도의 아르바이트 수당을 받으며 일을 했다. 뿐만 아니라 필자가 머물던 숙소는 비즈니스호텔이었는데 프런트 데스크 근무자가 오후 5시까지는 젊은 아가씨들이었다가 5시를 넘어서면 나이 든 할아버지들로 교대하는 것이었다.

삼십 수년 전에 그 광경을 목격하고 난 나는 '나이가 들면 화려하고 권한 있는 자리는 젊은이에게 양보하고, 어떻게 보면 시시한 일이라고 여겨질지도 모르는 저런 일들을 해야 하는구나' 하고 생각했다. 당시 일본 전체 인구 중에서 노인이 차지하는 비율은 8퍼센트 정도로 현재 우리나라의 노인 비율 11퍼센트보다 훨씬 낮았다. 그런데도 당시의 일본 노인들은 체면을 버리고 허드렛일이라도 할 준비가 되어 있었다.

그렇다면 노후 생활비에 걱정이 없는 사람들은 퇴직 후에 어떤 일을 하는가? 현역 시절에 못했던 공부를 하기 위해 해외 유학을 떠나는 사람도 있고, 다른 나라의 생활을 체험할 겸 봉사 활동을 하기 위해 해외에 장기 체류를 하는 사람도 있다. 향토 문화를 연구하거나, 예술, 종교 활동 또는 각종 저술 활동을 하기도 한다. NPO(Non Profit Organization: 민간비영리조직)를 만들거나 그런 조직에 참여하여 의료, 복지, 교육 등과 관련된 자원 봉사 활동을 하는 사람들도 많다. 자원 봉사 활동이라고 해서 100퍼센트 무료 봉사는 아니다. 약간의 수당을 받기도 한다. 기본 생활비 걱정은 없는 사람들이기 때문에 자신이 보람을 느낄 수 있는 일을 하면서 용돈 정도를 벌고 있다는 것이다. 미국은 NPO에서 일하는 사람도 취업 인구에 포함시킨다. NPO에서 일하는 사람들이 전체 취업 인구의 약 10퍼센트나 된다고 한다.

우리나라 직장인들도 대부분 퇴직 후에 무슨 일이든 하고 싶다는 생각을 갖고 있을 것이다. 그런데 문제는 막상 자신에게 맞는 일을 찾아 보려 하면 뜻대로 되지 않는 일이 한두 가지가 아니라는 점이다.

우선 재취업을 하려고 할 때 마땅한 일자리가 있느냐는 것이 문제이다. 어렵게 일자리를 구했다 해도 현역 시절에 비해 월등히 불리해진 근로조건에 어떻게 적응해 나갈 수 있겠느냐 하는 것 또한 문제이다.

정년 후의 생활비에 큰 어려움이 없는 사람의 경우에는 NPO와 같은 사회 환원적인 활동을 생각할 수 있지만 이 또한 쉬운 일

미래란 실현이 확정된 꿈이다.

은 아니다. 언론 등에 소개된 사례는 대부분 성공 사례이고 겉모양은 그럴듯해 보이지만 막상 시작하고 보면 좌절감을 느끼게 하는 일이 한두 가지가 아닐 것이기 때문이다.

수혜자들로부터 약간의 돈을 받았다가 모함받을 수도 있다. 말로는 자원 봉사 활동이라고 하면서 속셈은 돈을 벌려는 게 아니냐는 오해를 받을 수 있다는 것이다. 따라서 수입은 거의 기대를 하지 않고, 일에서 오는 고통을 참고 견디면서, 남들이 고마워하지 않더라도 내가 좋아서 한다는 각오가 없이는 이런 일을 할 수 없다.

자기실현을 위한 활동이나 취미 활동을 하면서 약간의 수입을 얻는 방법도 섣불리 시작했다가는 예상하지 못한 굴욕적인 대접을 받는다. 특히 음악이나 무용 등과 같이 남에게 보여주는 일을 할 경우가 그렇다.

양로원 같은 곳을 찾아가 교통비 정도의 사례만 받고 노인들을 즐겁게 해주겠다는 마음으로 시작했는데, 돈벌이를 한다는 식으로 오해를 받을 수도 있다. 대부분의 사람들은 자신처럼 매사를 선의로 생각하는 인간은 없다고 생각하기 때문이다. 따라서, 자기라면 공짜로는 그런 일은 안할 텐데, 다른 사람이 대가를 바라지 않고 봉사 활동을 한다는 사실이 믿어지지 않는 것이다.

특히, 특별한 취미가 없는 사람은 자기가 좋아서 무료 봉사하겠다는 사람의 심리를 이해하지 못한다. 무언가 현실적인 이익을 바라고 그런 일을 할 것이라고 생각하는 것이다. 따라서 자기가 좋아서 예술 활동을 하려 한다면 처음부터 주위의 호평 같은 것은 기대하지 않는 게 좋다. 자기가 좋아하는 일을 할 수 있다는 것 자체만으로 만족해야 하는 것이다.

정년 후 농촌으로 내려가 농사일을 하려 할 경우에도 같은 마음가짐이 필요하다. 경험도 별로 없는 사람이 농업에서 큰 소득을 올린다는 것은 불가능에 가깝기 때문이다. 채소를 재배하거나 양계를 하여 식비를 줄이고, 집세나 통신비를 줄일 수 있다는 데에서 의미를 찾아야 한다. 농촌 생활은 일종의 지출 절약형 생활이라는 생각을 가져야 한다는 것이다.

따라서 인생 후반을 설계할 때 가장 중요한 것은 자기가 하고자 하는 일에 대한 소신 또는 긍지를 갖는 것이다. 학생 시절에는 교과서나 선생님들의 가르침이 옳다는 생각을 갖지 않으면 좋은 학생이 될 수 없었다. 회사에 근무할 때는 회사가 옳다는 생각으로 일을 하지 않으면 우수한 회사원이 될 수 없었다.

그러나 인생 후반을 설계할 때는 주위의 시선이나 평판보다는 자기가 생각하는 방향이 올바른 방향이라는 생각을 갖지 않으면 안 된다. 그런 의미에서 인생 후반은 자기만족을 추구하는 시기라고도 할 수 있다.

인생 후반 설계를 할 때 또 한 가지 중요한 것은 어떤 형태의 일을 할 것인가를 확실히 정하는 것이다. 수입을 얻기 위해 일을 할 것인가, 주위로부터 인정받는 사회 환원적인 일을 할 것인가, 아니면 자신이 좋아하는 취미 활동을 할 것인가를 확실히 정하고 시작하지 않으면 안 된다는 것이다.

취미로 하다 보니 결과적으로는 수입이 따라 오거나, 수입을 바라고 일을 시작했는데 그 일이 자신의 취미와 일치하게 되는 경우는 있을 수 있다. 그러나 처음부터 수입도 얻고, 남 보기에도 그럴듯하고, 취미에도 맞는 일이란 있을 수 없다고 보는 것이 옳을 것이다.

인생 후반의 행복은 현실적으로 준비하는 자만 맞이할 수 있다는 말이다.

강창희 미래에셋 투자교육연구소장

서울대학교 농경제학과를 졸업하고 일본 도시샤대학원 상학연구과에서 석사 학위를 받았으며, 서강대학교 최고경영자과정을 수료했다. 한국증권거래소와 대우증권주식회사에서 근무한 후 현대투자신탁운용주식회사와 굿모닝투신운용주식회사의 대표이사를 역임했으며, 현재 미래에셋 투자교육연구소장으로 일하고 있다. '저금리'와 '노령화'에 주목한 연구를 하고 일반인을 상대로 강의하며 새로운 투자문화를 역설하고 있다. 지은 책으로 『글로벌 금융업시대의 증권, 투신 경영전략』, 『기업 IR활동의 이론과 실제』, 『직접 금융시대의 증권·투신 경영전략』, 『30대 이후의 인생 재테크 펀드투자로 시작하라』 등이 있다.

희망, 기적 같은 행복

행복은 산 너머 저쪽이 아니라 우리 마음속에 있다

김별아_ 지금 여기서 꽃피게 하라!

신달자_ 행복이라는 인형과 살고 있다

지금
여기서
꽃피게 하라!

김별아

소설가

행복의 흰 날갯짓

　자전거 타기가 취미인 동생이 어느 날 동네 천변을 달리다가 겪은 일이다.

　때마침 흩뿌리던 비가 개고 떠돌던 나비구름이 서서히 걷혀 가던 찰나에, 냇물 한가운데 유유히 서 있는 백로 한 마리를 발견했다. 먼 곳을 응시하는 듯 우뚝이 서 있다가 가끔씩 눈부시게 흰 날개를 퍼덕이며 긴 다리를 옮기는 우아한 움직임이 몽몽한 날씨와 기막히게 어우러져 한 폭의 수묵화를 보는 것만 같았다.

　서둘러 자전거에서 내려 메고 있던 배낭 속 카메라를 꺼내 들었다. 그런데 막 셔터를 누르려는 순간, 그림처럼 고요히 서 있던 백로가 훔쳐보는 눈길을 낌새 챈 듯 커다란 날개를 펼쳐 날아올라 저만치로 달아났다.

　아무래도 그 모습을 놓치기 아까워 세워 놓았던 자전거를 다시 잡아타고 부랴부랴 백로의 뒤를 쫓았다. 그런데 카메라 앵글 안에 모습이 잡혔다 싶은 바로 그때, 고고한 만큼이나 예민하기 이를 데 없는 백로는 또다시 날개를 펼치며 솟구쳐 올랐다. 멀리 가는 것도 아니었다. 조금만 재빠르게 쫓아가면 곧 따라잡을 것만 같은 곳에서 백로는 재차 다리쉼하듯 멈추어 섰다. 이쯤에서 약이 오른 동생은 영문 모르는 사람이 보았다면 웬 멀쩡한 젊은이가 가물에 도랑을 치나 할 정도로 제 분에 겨워 씨근거리며 백로와의 추격전을 펼치기 시작했다. 쫓는 사람과 쫓기는(것 치고는 너무나 우아하여 얄밉기까지 한) 백로는 그렇게 천변을 따라 한참을 거슬러 올랐다. 그런데 집요한 추격자에게 시달린 백로가 성가시지만 은혜라도 베풀려는 것처럼 멈추어 서서 포즈를 취하려는 찰나, 동생은 문득 착시 현상을 일으킨 듯 자기 눈을 의심해야 했다.

아파트 숲 사이에 숨통을 틔듯 조성된 냇물 한가운데에서 가늘고 긴 다리에 실안개를 감은 채 외롭고 쓸쓸하게, 그리하여 더욱 아름답고 고상하게 서 있던 그 백로가 한 마리가 아니라 수십여 마리, 무리를 이루어 모여 있는 것이었다.

그들의 날갯짓은 하나같이 유연했다. 커다란 흰 날개는 잡티 하나 없이 고고하고 넓은 보폭은 아득하였다. 갑자기 허탈감으로 맥이 탁 풀렸다. 자전거를 잡아타고 십여 분 동안 헐레벌떡 뒤쫓았던 단 한 마리의 백로를 떼거지로 모여 선 새들 사이에선 도저히 찾아낼 수 없었다. 그래서 그만 꺼내 들었던 카메라를 슬그머니 배낭 안에 넣고 터덜터덜 집으로 돌아왔다……

처음 동생의 눈에 들어온 백로는 오로지 한 마리뿐이었기에 그

내가 느껴야 행복이다.

내가 누려야 행복이다.

누구의 것과도 닮지 않고 오직 내게 한 마리뿐인 흰 새를 찾을 수 있어야
진정한 행복이다.

토록 아름다웠을 것이다. 그것을 쫓아 달리는 동안은 그 백로가 세상의 단 한 마리 백로, 단 하나의 가치였을 것이다. 하지만 무리 지어 모여 있는 수많은 백로, 수많은 가치를 발견하는 순간 반짝이던 소원과 희망은 갑자기 빛이 바래 버렸다. 어쩌면 나의 백로보다 더 큰 날개와 긴 다리와 멋진 몸놀림을 자랑하는 백로가 있을지도 모르고, 무엇보다 나의 백로는 무리 중에 식별이 불가능한 그저 한 마리의 평범한 흰 새에 불과했으니까.

행복의 공식?!

행복 = P+(5*E) + (3*H)

이 알쏭달쏭한 수식은 영국의 직업심리학자 캐럴 로스웰과 인생상담사 피트 코언이 1천여 명의 성인을 인터뷰해 만든 '행복의 수학적 공식'이다. 여기서 P(personal)는 인생관, 적응력, 유연성 등 개인적 특성을 가리키고 E(existence)는 건강, 돈, 인간관계 등 생존 조건, H(higher order)는 자존심, 기대, 야망, 유머 등 고차원적 가치를 가리킨다고 한다.

하지만 학창 시절 수학 시험지를 받아들었을 때처럼 더럭 겁을

집어 먹을 필요는 없다. 애초에 행복에는 공식이나 형식이 있을 수 없기 때문이다. 완벽한 조건을 갖추었다는 이유로 타인에게 '너는 행복해야 마땅하다!' 고 강요할 수 없다. 키 180센티미터 이상에 연봉 5천만 원 이상, 2000cc 이상의 승용차를 소유했으니 '당신은 행복한 사람' 이라고 말한다면 수긍할 수 있을까?

그와 마찬가지로 명백한 불행의 조건을 두루 갖춘 사람에게도 '너는 불행할 수밖에 없다!' 고 단정할 수 없다. 못난 외양에 집도 자가용도 없고 해외여행 한번 가보지 못했다고 해서 '당신은 불행한 사람' 이라고 말한다면 쉽게 고개를 끄덕일 수 있을까? 그렇다면 매년 온 나라를 휩쓸고 가는 홍수와 끝 모를 가난에 시달리는 나라의 사람들이 느끼는 '행복 지수' 가 세계 제일이며, 세계 최고의 복지 국가라 일컬어지는 나라의 자살률이 역시 세계에서 최고인 것은 어떻게 설명할 수 있을까?

전자도 후자도 어리석은 거짓 단언일 수밖에 없기에, 행복은 공식으로 계산해 얻을 수 있는 해답이 아니다. 처음부터 누구와도 비교 불가능한, 그러하기에 더욱 비교해서는 안 되는 나만의 것이기 때문이다.

백로를 쫓다 돌아온 동생의 이야기는 노벨문학상을 수상한 벨기에의 작가 마테를링크의 『파랑새 L'Oiseau Bleu』를 연상시킨다. 흔히들 알고 있는 『파랑새』의 교훈은 '행복은 가까운 곳에 있

지금 나는 행복하다.

오히려 예전보다 많은 것을 잃고 더 갖지 못했기에 행복하다.

시시하고 사소하다고만 생각했던 것들이 때로 눈물겹게 소중하고 감사하다는 것을
알았기 때문이다.

다' 는 것이다. 하지만 원래 6막 12장의 희극으로 쓰여, 1908년 모스크바예술극장에서 첫 공연된 『파랑새』의 원작은 행복뿐 아니라 삶과 죽음, 고통과 인생에 관한 수많은 의문점을 제기한다. 애초에 가난한 나무꾼의 아이들인 치르치르와 미치르가 파랑새를 찾아 나선 것은 마술을 부리는 할머니에게서 아픈 딸을 고치기 위해 파랑새를 찾아 달라는 요청을 받았기 때문이다. 그 딸의 병명은 바로 '마음의 병' 이었다.

여행을 떠나게 된 아이들은 추억의 나라에서 '생각하면 곧바로 만날 수 있는' 영이별한 사람들과 조우하기도 하고, 밤의 궁전에서 질병과 전쟁과 침묵 등 수많은 고통과 마주치고, 한밤중의 묘지에서 죽음의 환상에 시달리기도 한다. 행복의 파랑새를 찾는 일은 바로 삶 그 자체라는 사실을, 또한 그 여정은 마냥 꽃길일 수 없고 지난한 고통을 통한 성숙일 수밖에 없음을 이 환상적인 동화는 가만히 웅변한다.

그리하여 마침내 행복의 궁전에 다다랐을 때, 치르치르와 미치르는 잡아서 새장에 넣어 갈 한 마리 파랑새는 아니지만 수없이 다양한 행복들과 만난다. 어린이의 행복, 건강한 행복, 맑은 공기의 행복, 부모님을 사랑하는 행복, 푸른 하늘의 행복, 숲의 행복, 햇살의 행복, 봄의 행복, 노을의 행복, 별을 보는 행복, 비의 행복, 겨울 난롯불의 행복, 개구쟁이 행복…… 그들은 항상 기쁨과 함께 있다. 정의의 기쁨, 좋은 일을 했을 때의 기쁨, 생각하는 기쁨, 일을 마친 뒤의 기쁨, 무언가를 아는 기쁨, 아름다운 것을 본 기쁨, 아직 모르는 기쁨, 엄마 사랑의 기쁨…….

하지만 수많은 행복이 넘치는 행복의 궁전에는 그토록 가까이에 있는 것을 까맣게 모르면서 사는 사람들도 등장한다. 그들의 이름은 '사치'다.

목마르지 않은데 마셔대는 사치, 배고프지 않은데 먹어대는 사치, 겉치레만 하는 사치, 아무것도 아는 것이 없는 바보 사치, 하는 일이 전혀 없는 아무것도 하지 않는 사치…… 그들은 게으른 채로 꾸역꾸역 자신의 삶을 먹어치우고 있다.

지금 현대인들이 걸려 있는 '마음의 병'이란 이런 것이다. 아무리 물질적으로 행복한 조건을 갖추고도 불만족스럽고 괴로우며 외로워하는 이들이 있다. 아직 조건을 충분히 갖추지 못했기 때문에 만족할 수 없는 거라고 생각해 더 가지려 발버둥질해도 텅 빈 마음은 쉽게 채워지지 않는다. 그것은 내가 가진 고급 아파트와 중대형 자동차와 명품 옷과 가방에 진짜 내가 있지 않기 때문이다. 겉껍질은 그토록 잘 가꾸고 치장하면서 알짬은 돌보지 않고 방치하기 때문이다.

그러하기에 행복해지기 위한 첫걸음은 나를 돌보는 일로부터 시작되어야 한다. 오랫동안 외롭고 아프게 버려졌던 나를 사랑하는 일로부터, 진정으로 행복할 준비가 시작된다. 내가 느껴야 행복이다. 내가 누려야 행복이다. 누구의 것과도 닮지 않고 오직 내게 한 마리뿐인 흰 새를 찾을 수 있어야 진정한 행복이다. '어떻게 행복할 수 있을까?'를 고민하기 이전에 '나는 누구인가?'를 물어야 할 이유가 여기에 있다.

오로지 나만의 오롯한 행복

오랫동안 나는 행복을 모르고 살아왔다. 간절히 행복해지고 싶었지만 그 조바심과 불안 때문에 불행하다고 생각하기까지 했다. 그때 나는 나 자신에게 몹시 가혹했다. 조금의 실수도 인정하지 않았고 어떠한 성과를 거두어도 만족하지 못했다. 왜 이것밖에 안 되느냐고, 더 잘할 수 있었는데 형편없이 굴었다고 스스로를 잡죄며 달달 볶았다. 이처럼 강박적인 완벽주의자에게 세상이 아름답게 보일 리 없었다. 늘 우울한 마음에 얼굴을 찡그리고 다녔으며 주변 사람들에게도 퉁명스럽게 굴었다. 끊임없이 주위를 두리번거렸고 헛된 잔날갯짓을 따라 쫓았다.

하지만 지금 나는 행복하다. 갑자기 상황이 변해 모든 것이 완벽해졌기 때문이 아니다. 예전보다 많은 것을 잃었는데도, 더 갖지 못했는데도 행복하다. 아니, 오히려 예전보다 많은 것을 잃고 더 갖지 못했기에 행복하다. 내가 부족하기에 타인의 부족함을 이해할 수 있고, 시시하고 사소하다고만 생각했던 것들이 때로 눈물겹게 소중하고 감사하다는 것을 알았기 때문이다.

그렇게 되기까지는 결정적으로 나 자신을 이해하고 인정하는 과정이 필요했다. 쉽게 상처 입는 나, 모자란 나, 바보 같은 나를 있는 그대로 받아들여야 했다. 그래서 상처 입었을 때는 스스로를 위로하고, 모자라면 앞으로 조금 더 잘하자고 격려하고, 바보같이 굴면 그냥 좀 바보같이 보이기로 했다. 다만 그랬을 뿐인데 한순간 거짓말처럼, 기적처럼 행복해졌다.

허겁지겁 따라 쫓지 않아도 내 마음속에 고스란한 한 마리 새의 흰 날갯짓 덕택이었다. 그는 자신을 다른 누군가와 비교하지 말라고 했다. 아무리 비슷비슷하게 생긴 무리 속에서도 스스로의 선명한 빛을 지키며, 과거에 얽매이거나 미래에 저당 잡히지 말고 지금 바로 여기서 살아가라고 했다. 상처는 상처대로 고통은 고통대로 똑바로 바라보고, 그저 삶이라는 축복을 감사하며 즐기라고.

그럼에도 누가 내게 행복의 원칙을 하나만 대라고 한다면, 7살에 행복한 아이가 27살의 행복한 청년이 되고, 47살의 행복한 중년이 되고, 67살의 행복한 노인이 되리라고 대답할 것이다.

행복은 특정한 조건이 아니라 스스로가 깨닫고 느껴야만 가질 수 있는 것이므로, 지금 느낄 수 있다면 어느 순간 어떤 상황에서도 반드시 행복해질 수 있을 테니 말이다. 그러니까 언젠가 원하는 만큼 충분히 행복해질 가능성이 있는가를 알고 싶다면 마음속에서 퍼덕이는 흰 새에게 가만히 물어보면 된다.

"지금 여기서, 나는 과연 행복한가?"

김별아 소설가

1969년 강원도 강릉 출생. 연세대 국문과 졸업. 1993년 〈실천문학〉에 〈닫힌 문밖의 바람소리〉를 발표하며 등단. 글쓰기 방식과 소재에 다양한 시도를 모색한 장편소설 『내 마음의 포르노그라피』 『개인적 체험』 『축구전쟁』 등으로 호평을 받았고, 2005년 장편소설 『미실』로 제1회 세계문학상을 수상하며 독자들의 큰 사랑을 받았다.

역사의 행간을 작가적 상상력으로 채운 『영영이별 영이별』 『논개』 『열애』 『가미가제 독고다이』 『채홍』 등의 장편소설과 치유와 공감의 산행 에세이 『이 또한 지나가리라』 『괜찮다, 우리는 꽃필 수 있다』 『삶은 홀수다』 등이 있다.

행복이라는
인형과
살고 있다

신달자

시인 · 한국시인협회 회장

✈   막내가 미국에서 공부하고 있을

때 나는 생활이라는 거대한 파도에 휩쓸려 곤두박질치고 있었다.

살고 있는 것이 아니라 싸우고 있다는 느낌으로 아침에 눈뜬 적

이 많았다.

　한순간은 죽고, 한순간은 살아나는 그런 반복 속에서 나는 딸

이 그리웠다. 딸이 그리워도 자주 갈 수가 없었다.

　딸에게 갈 수만 있다면 그것은 멋진 탈출이었다. '도망'이 아

니라 자연스러운 '외출', 아니 '여행'이 될 수 있었다. 좀처럼 시

간을 얻을 수 없어 벼르고 벼르다가 어느 날 독한 심정으로 현실

을 돌파하고 비행기를 탔다.

　'돌파'라는 엄마의 막연한 기분을 잘 알고 있던 막내는 그 시

절 기독교에 심취해 있어, 오히려 내 스승같이 시련의 극복을 기

쁘게 생각하라고 말해 주었다.

　"뭐? 기쁘게? 도사 같은 말 좀 하지 마라."

　속이 상해 한마디 했다.

　'그래, 네가 정말 몰라서 그렇지, 예수님만 생각하면 모든 게

해결되는 줄 아냐?'

아이의 그런 태도가 섭섭하기조차 했다. 인간적으로 너무 괴로울 때, 오히려 종교적 해석은 지나치게 관념적이라 가슴에 와 닿지 않는다. 차라리 같이 울어 주는 딸이 나는 더 고마울 것 같았다.

"엄마 얼마나 힘들었어? 실컷 울어, 엄마."

그렇게 나를 감정적으로 인간적으로 해방시켜 주기를 원했는지도 몰랐다.

미국에서 생활하고 있으니 무엇을 알겠는가. 그러면서도 한편으론 야속하고 기막혔다.

어쨌든 그 딸과 함께 미국 백화점 나들이를 갔다. 요즘은 우리나라 백화점도 좋아져서 그렇게 경이롭지는 않았다. 매장을 돌다 어느 인형 가게 앞에서 예쁜 곰 인형 하나를 안아 보았다. 마치 아기를 안은 느낌이었다. 촉감이 너무 부드럽고 뭔가 온기가 전해지는 인형을 안고 딸에게 무심코 말했다.

"어머, 왜 이렇게 행복하지?"

"그럼 하나 사. 엄마 행복을 사는 거지 뭐."

막내는 내게 사라는 시늉까지 했다. 내 얼굴이 그 어느 때보다 환했다고 나중에 딸이 말해 주었다. 그런데 인형 값치고는 너무 비쌌다.

나는 생각 끝에 그것을 포기하고 다른 필수품 몇 가지를 사들고 돌아왔다.

행복이란 냉정하면 안 온다.
과묵해도 안 온다. 불러야 온다.
'행복아 안녕' 하고 부르면 밖에서 움츠리고 있던 행복도
웃으며 들어온다. 행복은 마음속에 있으므로……

오는 내내 그 인형의 온기와 촉감이 그리웠다. 내 행복을 두고 온 느낌마저 들었다.

전염성 강한 행복 바이러스

한국에 돌아오고 두 주일이 지나 그 인형이 집으로 배달되었다. 막내가 기어이 인형을 사 보낸 것이다. 막내는 '엄마의 행복을 보내 드립니다. 제가 샀지만 어느 큰분이 함께 보내 드리는 겁니다. 엄마는 이제 행복한 여자입니다' 라고 편지까지 적어 보냈다.

가슴이 뭉클했다. 내 딸이 이렇게 속 깊은 아이인가 싶어 가슴이 메었다. 자식이란 늘 부모에게 있어 좋으나 싫으나 목이 메는 존재 아니겠는가.

나는 지금도 그 행복이랑 산다. 함께 차도 마시고, 이야기도 나누고, 같이 잠도 잔다.

"행복이 어디 갔어요?"

자식들이 집에 오면 행복이부터 찾는다. 손주들도 그렇다.

"할머니, 행복이 어디 갔어요?"

손주들은 들어오자마자 행복이부터 한 번씩 안아 본다. 그것은 이제 나만의 행복이 아닌 것이다. 우리 가족 모두의 행복이 된 것이다.

'행복'이란 전염성이 무지 강해서 엄마가 행복하니 모두 행복할 수 있었던 것이다.

행복이란 이름의 인형은, 딸 말대로 큰분이 내게 보내 주신 아름다운 선물이라 나는 아직도 믿고 있다.

얼마 전 백화점에서 초등학교 6학년짜리 관우와 현준이에게 곰 인형을 하나씩 사 주었다. 관우 행복이, 현준이 행복이…… 그 아이들에게 사준 행복이는 내가 그랬던 것처럼 딸네 가족에게도 행복을 안겨다 줄 것이다. '행복이'를 부를 때마다 행복이 달려와 안길 것이다.

행복이란 냉정하면 안 온다. 과묵해도 안 온다. 불러야 온다. 그것이 행복의 동의어다.

나는 지금도 그 행복이를 언제나 챙긴다. 손님들은 아기도 없는 집에 웬 인형이냐고 묻는다. 그때마다 내 인형이라고 말해 준다. 이름은 '행복이'라고…….

아무도 없는 집에서 아침에 커피를 마시며 '행복아 안녕' 하고 말한다. 그러면 밖에서 움츠리고 있던 행복도 웃으며 들어온다. 문이 닫혀 있어도 들어오는 것이 행복이다. 행복은 마음속에 있으므로…… 집안 가득하다.

이런 연유로 우리 집 식구들은 그 인형이 엄마의 심장 한쪽이라도 되는 듯 식구 대접을 한다. 그것이 엄마 인생의 기적 같은 한 부분, 구원의 한 부분이라도 되는 것처럼.

신달자 시인, 한국시인협회 회장

1943년 경남 거창에서 태어나 숙명여대 국문과와 동대학원에서 박사 학위를 받았다. 1964년 〈여상〉의 여류신인문학상으로 등단, 1972년 박목월 시인의 추천으로 〈현대문학〉에 재등단했다. 평택대 국문과 교수, 명지전문대 문창과 교수를 역임, 현재 숙명여대 객원교수, 한국시인협회 회장으로 활동 중이다. 시집 『봉헌문자』 『아가』 『아버지의 빛』 『오래 말하는 사이』 『열애』 『종이』 등이 있으며, 수필집 『시인의 사랑』 『너는 이 세가지를 명심하라』 『나는 마흔에 생의 걸음마를 배웠다』 『미안해…고마워…사랑해』 『여자를 위한 인생 10강』 등으로 많은 사랑을 받았다. 대한민국 은관문화훈장, 대한민국문학상, 시와시학상, 한국시인협회상, 현대불교문학상, 영랑시문학상, 공초문학상, 김준성문학상, 대산문학상 등을 수상했다.